红石崖

张俊亭／著

中国出版集团
现代出版社

图书在版编目（C I P）数据

红石崖 / 张俊亭著 . — 北京：现代出版社，
2014.12（2025.4重印）
ISBN 978-7-5143-3124-0

Ⅰ . ①红… Ⅱ . ①张… Ⅲ . ①散文集－中国－当代
Ⅳ . ① I267

中国版本图书馆 CIP 数据核字 (2014) 第 278121 号

红石崖

作　　者　张俊亭
责任编辑　陈世忠
出版发行　现代出版社
地　　址　北京市安定门外安华里 504 号
邮政编码　100011
电　　话　010-64267325　010-64245264（兼传真）
网　　址　www.1980xd.com
电子信箱　xiandai@cnpitc.com.cn
印　　刷　北京天正元印务有限公司
开　　本　880×1230　1/32
印　　张　7.125
版　　次　2015 年 3 月第 1 版　2025 年 4 月第 3 次印刷
书　　号　ISBN 978-7-5143-3124-0
定　　价　35.00 元

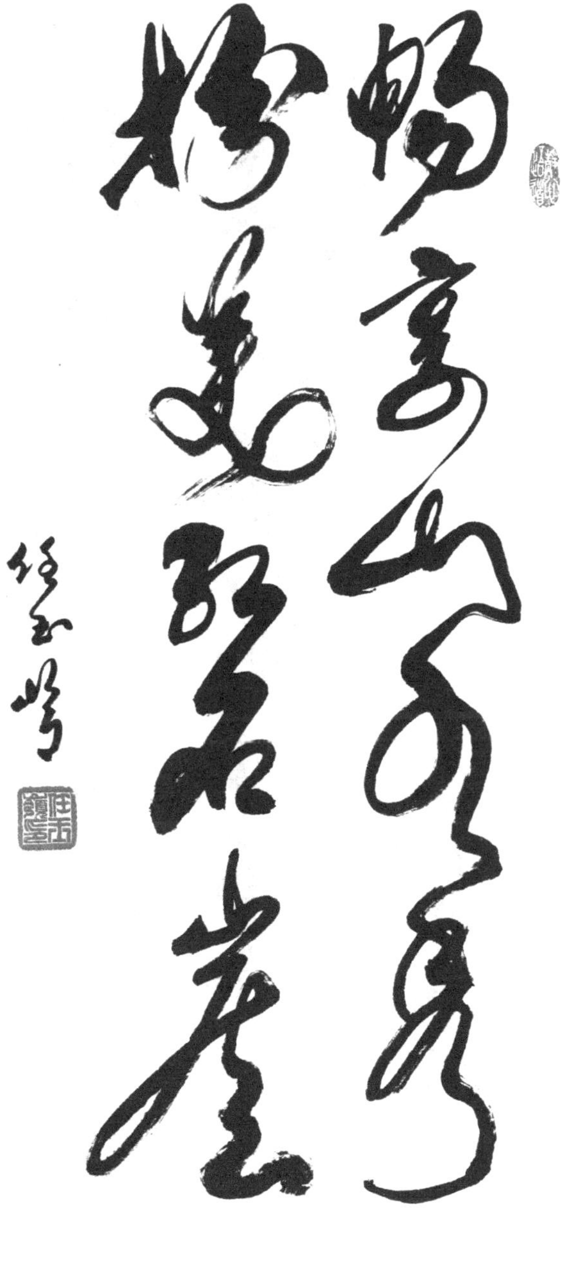

国务院参事、著名经济学家和书法家任玉岭

文明生活与本土文化研究会《博生活》主编魏爱国

● 红石崖风光之一

● 红石崖风光之二

● 红石崖风光之三

● 红石崖风光之四

● 红石崖风光之五

● 红石崖风光之六

● 红石崖风光之七

● 红石崖风光之八

● 红石崖风光之九

● 红石崖风光之十

● 红石崖风光之十一

● 红石崖风光之十二

● 红石崖风光之十三

● 红石崖风光之十四

● 红石崖风光之十五

目 录

序 言

前些时候，张俊亭先生将一本名为《红石崖》的书稿送给我，让我给他写篇序言。

看着这部厚厚的书稿，再看看眼前这位年过古稀却依然为红石崖奔走呼喊的老者，我不禁肃然起敬。

嵖岈山人杰地灵，这里有人类始祖女娲娘娘生活过的娘娘洞；有春秋时期吴王夫差的都城（店房）；有唐朝名将李愬大战吴元济的古战场；有明朝李闯王与官军作战时的点将台；有刘少奇、李先念在此指挥抗战、三路大军会师的诸多往事；有著名爱国民主人士魏朗斋创办职业学校、为革命输送大批新鲜血液的动人传奇；有新中国第一个人民公社成立的记载……更有由此孕育出的一大批散发着思想和文化光辉的仁人志士，他们中许多人从嵖岈山走向全国、走向海外。

与灿若群星的嵖岈山人物相比，张俊亭先生可能只是其中微不足道的一位。但就是这样一个人，却用自己对家乡的热爱、对这片土地深厚的感情，用自己的执着，为我们献上了这一丰厚的文化大餐。

认识张俊亭先生之前，不止一次听人讲过他的故事。脑海里原以为张俊亭先生的形象应该是一个戴着老花镜的老学究，可认识了张俊亭先生后，才发现他原来是一个朴实、憨厚的山里汉子；再后来了解熟悉之后，更知他还是一个满腹经纶的民间文化学者，一个令人尊敬的长者。

张俊亭先生是土生土长的嵖岈山人，他自小生活在这片土地上。上世纪60年代，血气方刚的张俊亭先生以一己之力，创办了嵖岈山红石崖小学。从此，他就把自己的全部精力和满腔热情投入到了这项百年树人的伟大事业中，从最开始的扫盲班到复式教学班，再到全日制学校。寒来暑往，春种秋收，他送走了一茬又一茬学生，使祖祖辈辈睁眼瞎的山里人有了文化，掌握了一条了解和通向山外世界的渠道。在红石崖，有多少家庭几代人都是张俊亭先生的学生，没有人数得清。正是在张俊亭先生的教导下，越来越多的山里青年人走出了大山，成为了社会有用之才。

张俊亭先生对红石崖有着极其深厚的感情。他熟悉这里的山山水水、一草一木，哪座山上有什么树木，哪条沟里有什么水源、石头，他比谁都清楚。进入新世纪，张俊亭先生从教学一线退了下来，随即又把收集、整理嵖岈山民间文化当作自己人生的新事业，开始了新的征程。他走村串户，访朋问友，对流传在嵖岈山地区的以女娲补天为代表的民间故事、以新四军五师活动为代表的红色文化以及人民公社等珍贵史实进行深度挖掘，这才有了凝聚其多年心血和汗水的《红石崖》。

《红石崖》是张俊亭先生多年来守护嵖岈山、心系嵖岈山的丰硕成果与最好的见证。红石崖既是嵖岈山地区最有代表性的地方，也是一块亟待开发并已有香港北角英皇天易国际集团投资有限公司总经理张新义先生主持进入千风寺基础建设阶段的宝藏之地。作为这片山水大地的一员，可以说张俊亭先生对红石崖倾注了自己全部的心血和汗水，从本书字里行间流露出的是他对家乡的热爱，篇章内外饱含着他对家乡的无限深情。

好儿女志在四方固然可赞，而坚守故乡并为之奋斗终生更值得我们敬佩、学习。我们为嵖岈山有张俊亭先生这样的优秀儿女倍感欣慰，为遂平文化有张俊亭先生这样的名士而自豪与骄傲！正是有了许许多多像张俊亭先生这样热爱家乡、痴迷于传统文化的保护者、传承者，我们的文化之根才深植于生活的沃土，我们文化之源才不息流淌在人民心间。

是为序。

张轶馨

二〇一四年九月

开篇话

作为常年奔走在红石崖的“老嵖岈人”，我陪同全国各地考察、观光、旅游者观景早已是家常便饭，自然而然地也常常要扮演“全职导游”的角色。为了让大家对红石崖总体上先有个大致的了解和认识，我就再做一回“书面导游”吧。

各位好！很高兴和大家相聚、相识于红石崖，这算是咱们千百里相会的共同缘分。

现在我们已进入嵖岈山镇境内，咱们的目的地红石崖自然风景区就在这里面。该镇面积96.5平方公里，辖13个行政村，2万多人口；东部属半平原，西部属八百里伏牛山东部余脉。

嵖岈山镇历史悠久，文化底蕴丰厚。今天我们来到的第一站，是国家重点文物保护单位“嵖岈山卫星人民公社旧址博物馆”，它是当年全国第一个人民公社。具体情况，由馆里的讲解员向大家进行详细介绍。

人民公社旧址博物馆东南方向不到一公里，就是现在大家看到的狮象湖。为啥叫狮象湖呢？因为湖南面那座山叫狮子山，湖北面这座山叫象山，它们之间通过大坝紧密连在了一起，形成了这座壮观的人工湖，所以就以山命名叫作狮象湖了。

原来湖中间东西向有一条大河，叫宋河。河床深而狭窄，每逢汛期来临，西部山区的山洪暴发都汇入这里（属遂平奎旺河发源地）。由于河床容纳不下，山洪就四处漫溢，像凶猛的野兽横冲直撞、咆哮而下，冲毁村庄、淹没良田，下游的人们连年遭水害，苦不堪言。为治这水害，当地的民间还有个世代相传的古老传说。

太上老君得知宋河这一情况，亲临查看后，决定从南山到北山筑一道大坝，把洪水拦腰截断，方可解除下游水患。随后召集民工，老君爷亲自带领开始动工。万事开头难，筑坝得先清理地基，河床上人山人海，有的挖，有的铲，有的担，有的抬，轰轰烈烈，忙个不停。可是白天干一天，到晚上又恢复了原样，一天，两天，三天，五天，一个月两个月过去了都不见一点成效，老君非常着急，可又想不出啥办法。他暗下决心，夜晚亲自动手，从此以后，晚上再也顾不上回家。老伴非常挂念，便提着香喷喷的饭菜，来到劳动工地。这时已近深夜，可工地上一个人影也没有，只见河底有一头像猪一样的庞然大物，头扎在地上呼哧呼哧地在拱土，拱一下，堆得像座小山，这样不停地拱，土越堆越多，她心想这是啥东西呢？她就大声喊：老头子，你在哪儿？老头子你在哪儿？前两声没人应答，第三声，老头子答应了，一声憨叫，震耳欲聋："我在这儿！"她仔细端详，原来这一庞然大物就是丈夫的原形——大猪精。惊恐之下，把老伴吓死了。老君来到老伴身边，一看饭在一旁，老伴在地上躺着，已气绝身亡。他悔恨不已，老伴已经死去，再也唤不回来，一气之下，掂起饭罐子摔在地上，饭菜溅得普天下到处都是。据传，世间遍布的鹅卵石头就是太上老君扔掉的馒头，黄色的癞礓石就是饭中的丸子。老君一气之下也命归黄泉。现在嵖岈山景区中的老君峰就是太上老君的化身。

新中国建立后，在上级党和政府的关怀、支持下，遂平全县干部群众积极行动，自力更生，艰苦奋斗，兴修水利，经过一年的共同努力，最终修筑起这样一座高大雄伟的综合性大坝，既能防洪，又能排水、灌溉、水产养殖、游览观光。人们昔日的梦想，变成了现实。后来，又经过几次加固、维修、整改，而今大坝焕然一新，可防百年不遇的特大洪水。

尽管这是大跃进年代完成的人工湖，但毕竟是嵖岈山人民乃至全县人民战天斗地、改造自然、战胜自然的历史见证，其精神是值得我们纪念和发扬。

请大家顺我的手势向西看：那远远近近环绕狮象湖的层层叠叠的群山，要进出只有眼前这唯一的道路和出口；由狮子、大象两座山把门，里面形成的天然盆地——也就是咱们今天要去的景色宜人、地貌奇特、风光秀丽的天然氧吧“红石崖”，它是嵖岈山风景区的延伸景区。

该景区由卧虎山、九龙山、圆顶山、跑马山、凤凰山、平果朵、尖山等 7 座主峰构成。进入红石崖景区，大家向北望，这座山就叫卧虎山。你看它肥胖的身躯，头朝西，尾朝东，在那儿伏卧着，好像在呼呼酣睡；再看它身上那一道道石垣如一道道虎皮斑纹，活灵活现，栩栩如生，妙不可言。这座山体的西端又叫 9 龙山，因为从山腰到山顶上下依次排开共有 9 条形体起伏裸露在山体表面的石垣，像跃跃欲试、活蹦乱跳的 9 条蛟龙。山腰间是九龙山烈士陵园，陵园里安葬着三十多位在抗日战争、解放战争时期为国家和民族解放捐躯的革命将士，他们的功绩无量，永垂千古；现为遂平县青少年学生、党员、干部红色传统教育基地。

这里是红石崖村委所在地，您看该自然村三面环山，一面环水，山上林木苍翠，郁郁葱葱，村前一条河自西向东绕过，形成半包围状态，真乃山清水秀，鸟语花香，是一块不可多得的风水宝地，也是历代兵家的必争之地。

相传，战国时期有一位将军在此殉难，现有将军坟遗存；另外还有一座将军墓，是隋末明初名将窦建德的。抗日战争、解放战争时期，这里是我党我军开辟的著名抗日根据地，新四军豫南独立兵团将士和战地医院曾在这里驻扎，同时也留下了后来的党和国家领导人刘少奇、李先念等老一辈革命家的光辉足迹。八路军、新四军将士在此与日伪顽强战斗的故事至今还在流传，战斗中光荣牺牲的数十名将士的遗骨就掩埋在九龙山烈士陵园；当年新四军用过的水井被命名为“会师泉”，现仍留存在村子东边，昭示着军民鱼水深情；当年医院院部、手术室、医药库等用过的土坯房，因年代久远已经不复存在，但遗址没变，就在这个地方。

现在我们来到风山，山顶峰有一供奉女娲娘娘的古山寨，也叫姨娘城。寨北面悬崖下有人类始祖女娲洞；有女娲赐福的仙童崖，有遮天蔽日、枝繁叶茂的百亩板栗园；有玲珑剔透，鬼斧神工，形状各异的奇石群；还有一个接一个深不可测的洞穴……来到这里，你既能切身感受到清新空气、舒适宜人的天然氧吧，更能领略到古老文化和玲珑剔透、妙趣横生的天然奇石艺术品。

翻过轿顶峰，我们来到这个地方叫黄脸场。由黄脸场向西是长达2.5公里的好汉坡。一路攀登，可以不时驻足观看，欣赏美景。向北望，下面是莲花池沟，它也有一个传说：很久很久以前，这里是一个天然湖泊，池水清澈；周围丛林密布、花草繁茂、郁郁葱葱，掩映池中；阳光照在池面，微风吹来，波光粼粼，一片银白，犹如仙境；一天，莲花仙子下凡来到这里，发现这里的人们安居乐业，加之如诗如画的美景，她在池边看得如痴如醉，随手从头上摘下一颗莲子丢在池中，眨眼工夫莲藕满池，荷叶青翠欲滴，绽放的荷花散发出阵阵清香，沁人心脾；她再也不想返回天宫了。后来，王母娘娘得知莲花仙子不在天宫，欲留人间，觉得有辱家规，就命蛟龙捉拿她归天宫。那天，风云突变，电闪雷鸣，霎时大雨倾盆，蛟龙趁机潜入池中带走了莲花仙子，并把池堤用脚踢开，池水像脱缰的野马蹿下山去，冲毁了村庄，冲毁了良田，淹没了庄稼，这个地方成了万丈深谷。后来，人们就把这沟叫作莲花池沟了。

出了莲花池沟再向前，就是淌水崖了。甘洌的山泉从高高的悬崖夹缝间挤出，从上面跌下来，哗哗作响，又争先恐后地汇入下面的潭中，形成美妙的瀑布。你走近潭边，尝上一口，哎呀！倍觉甘甜舒爽，如玉液琼浆，飘飘然如上九天。当地人们爱称它为凉水泉，常在盛夏来此享用。

从淌水崖回过头来向南看，是五里桃花谷。春天，迎春花开罢，山谷两边的山桃花便一棵挨一棵竞相开放，鲜艳夺目，会让你流连忘返，乐而忘忧。

东面悬崖依次排开向西南延伸，是多头崖。它蜿蜒伸曲，像云中游龙，活灵活现；您再数一数，不多不少正好九个，故取名九龙山。山头更像天宫下凡的仙女在空中翩翩起舞，真是妙不可言；所以，人们又叫它“仙女峰”。

折返回来，我们再到好汉坡观景台。大家抬头看，这就是凤凰山东膀子，这高耸入云的悬崖，就是它膀子的骨架，突兀森郁，雄伟而壮观。倘若一个人站在这里，会感到毛骨悚然，从而彰显出它苍劲有力的气势。总之，通过登好汉坡，赏美景，观悬崖峭壁，会觉得这里赛华山之险、似黄山之幽、如泰山之伟岸。

现在我们所到的地方，是凤凰山千风寺休闲度假区的入口处，叫滴水崖。

凤凰山千风寺休闲度假景区有两大突出特点：一是飞流跌宕的瀑布群，二是千年古刹供奉女娲的千风寺遗址。下面，我来一一给大家介绍。

先说飞流跌宕的瀑布群——

这里面有传奇的黑龙潭瀑布，有含情脉脉的小望瀑布；有别样的浑水潭，有气势壮观的天井瀑布；有飞流直下的青龙潭，有一波三折的三迭瀑布，还有隐蔽的野狼峡瀑布。这些瀑布都分布在长达 1.5 公里的红石峡（又叫城墙峡）之间。

关于红石峡，我根据它的实际情况曾写过一首《红石峡探幽》自由诗，内容如下：

红石大峡谷，绵延二三里。
宽度约两丈，两边峭壁立。
突兀平且直，酷似人工砌。
两岸树密布，绿荫遮盖翳。
谷底清水流，叮咚悠扬曲。
清脆悦耳间，心旷又神怡。
游人到此处，顿觉凉习习。
深深吸口气，清新沛心肺。
天然一氧吧，世间一奇迹。
沿谷向前走，蜿蜒又崎岖。
漫步左右顾，景点各相依。
首见黑龙潭，典故多传奇。
龙与和尚斗，激烈惊天地。
名水仙女池，清澈可见底。
状如一澡盆，可容五人浴。
古刹千风寺，历史有遗迹。
始建于北魏，兴盛唐时期。
供奉女娲娘，相陪有伏羲。
天宫各路神，列位排有序。
清代香火旺，末期出戒律。

群众起反感，刘扁来平息。
折庙惩恶僧，寺院成废墟。
而今重传承，重新又建起。
沿溪往前跨，瀑布挂崖壁。
举目向前看，青龙出山溪。
峡谷深又高，崖壁两边立。
游尽大峡谷，世间堪称奇。

这里再解释一下：红石峡古称城墙峡，它位于遂平县嵖岈山镇红石崖风景区，从黑龙潭入口，顺峡谷沿溪而上，长 1.5 公里，宽 3 丈有余，且峡谷窄长，两边石壁陡峭，千仞壁立，刀切一般，突兀森郁，酷似八达岭的古城墙，故称城墙峡。

从地壳形成以来，经过漫长年代的风雨剥蚀，洪水冲刷，大自然造化形成绝妙的岩石断裂面，奇异峭拔，形成飞流跌宕的瀑布群。峡谷两岸绿色植被遮天蔽日，奇花异草应有尽有，一年四季繁花似锦，野果飘香，鸟鸣清脆。著名的瀑布有黑龙潭、小望瀑、天井瀑、青龙潭、三迭潭、野狼峡等六大瀑布。另有千年古刹千风寺、尼姑庵等著名景点。不少游客游览胜景后，不禁赞叹："风光还数红石好，景色秀丽醉游人。"

再说千年古刹供奉女娲的千风寺遗址——

这个地方原名叫金莲寺，后叫千风寺。因寺庙敬奉的是人类始祖女娲和伏羲，又因他们属风姓氏族，故名千风寺；还因群山环抱，状如莲花，又叫金莲寺；又因周边山峰连绵，奇峰竞秀，后来人们又叫千风寺并留传至今。

寺庙始建于北魏佛教盛行时期，庙宇规模宏大，建筑精美，样式考究。周武帝时，寺庙衰败。到了正统己巳年（1449 年），民间集资重新修建，恢复了原貌。明末清初又遭毁坏，只留下遗址和皇上亲赐石碑尚存。

寺庙背靠鹤立鸡群的凤凰山，海拔高度七百多米，又叫大歪尖山，古称奥崃山，属遂平县著名八景之一；又因女娲娘娘为拯救世人，手托炼好的五彩石，站在山巅补天的地方，又叫拍天山。山下有条河叫娘娘河，也叫娃娃河，是人们到此拴娃娃（祈祷）的地方，有求必应，非常灵验。

经千石碑绕大石棚，沿溪拾阶而上即到达逍遥谷。逍遥谷空旷幽静，稍事停留，起身攀过石猴望月峰便来到跑马山景点。跑马山山顶宽阔平坦，是农民起义将领操练兵马的练马场。该景点由跑马山、平头垛、尖山、白龙池、回龙庙、扳倒井、隐洞峡、水帘洞、石人峰等主要景点组成。我们对面的两座山，东面叫尖山，西面叫苹果垛。

民间曾流传着“尖山、苹果垛，谁长得高谁应哥”的传说。从前，这两座山不差上下，一般高。一天，兄弟俩商定，咱比试比试究竟谁高，如果谁高谁应哥，谁低，谁为弟。说好，便请土地老爷作证；一言既出，驷马难追，不可反悔，立下海誓山盟。从此，它们一天天增高。后来，狡猾的苹果垛一心想应哥，就白天长晚上也长；而尖山则按部就班地按约定光白天长。苹果垛因长得过快，穿破天宫王母娘娘的后园；王母娘娘去厕所解手时，不小心被山尖刺中了屁股，她看是座山尖在作孽，恼羞成怒地二话没说举起拐杖一下就刮掉了半截；这半截落到泌阳地界，人们叫它叫落山；剩下的山顶部像一枚圆形的苹果，人们管它叫苹果垛。因受苹果垛遭上天惩罚的影响，尖山惊恐之下再也不敢向上长了，就成了今天这个模样。苹果垛有四个山峰东西依次排开，都呈圆顶状，酷似盛开的莲花，所以又叫莲花山。从前山峰有一寺庙，叫莲花寺，古时香火旺盛，远近有名。2011 年新郑轩辕黄帝开光大典时，一位海外华侨回归寻根拜祖，还问及莲花山寺情况；得知因年代久远，已不复存在，令他十分惋惜。

再说跑马山与苹果垛，两山顶峰都较平坦，面积开阔；寺庙前地势平坦，土质肥沃，有土地四十余亩，还有水井两眼。据传，明朝末年农民起义将领刘洪启（字东桥，因长相头长且扁，号称刘扁头，西平县出山镇牛场人士）行侠仗义，除恶扬善，打富济贫，深受民众欢迎；后来揭竿起义，就长居莲花山寺占山为王。这里居高临下，视野开阔，四面悬崖，易守难攻，为更好地防守，他在山下又修了两道寨墙，叫大寨（即头道寨）、二寨（沿悬崖根部而建），把山封得严严实实、非常安全。刘扁头占山为王，惊动到朝里，皇上下命缉拿他。可任凭咋着也攻不上去，没办法，官兵只好把着山门不让进出、不让往山上运送物资，逼他投降。刘扁头急得团团转，不知如何是好。一天夜里，山神爷给他托了一个梦说："不要怕，上天赐你四十亩宝地，庄稼种上三天即可成熟，能收了种、种了收。"刘扁头一觉醒来，到外面一看，果真麦子一片金黄，让他喜出望外。就这样循环往复、陆续不断，解决了他的燃眉之急。官兵拿他没办法，只好卷旗收兵，班师回朝。苹果垛北侧有个小村子，曾驻扎着刘扁头的马队，每天喂饱以后，到对面山上驯马，后来这个小村叫扎马庄，这座山就叫跑马山了。据说，人们经常发现从山上飘落下麦糖、谷皮等，也在上面看见有上天赐给的储粮食的粮仓，监仓员名叫看仓石；此外另有刘洪荣梳妆楼、玉女峰、辣猪圈、桃花洞、连天洞、天桥沟等。目前，遗迹尚存，高达数十米。省、县级文物部门多次到此考察，作为历史文物资料入档保存；省电视台都市频道 2013 年年底对此作过专题报道。

回头再说千风寺。从前，每年三月三有庙会，善男信女从各地赶来朝拜，方丈淫心极恶，趁会期人旺时，抢掠民女，藏于暗洞中，任其蹂躏。方丈这样作恶多端，人们纷纷找刘扁头告状。

刘扁头经过明察暗访，认定事实确凿、不杀不足以平民愤，就迅即带着武艺高强的妹妹刘洪荣和精兵强将里应外合，一下子平了千风寺恶僧。此后，留下很多传奇故事，如“柏林沟”“歪尖山上的水烟袋”“鬼门关”，等等，都与此平定事件有密切联系。由于除害有功，朝里还特封刘扁头为信阳侯；他死后，留下了让人评判的千石碑和他的化身——石人峰这些著名景点。

跑马山东侧又是另一番景象，有个隐洞湖。它像一块碧玉镶嵌在跑马山与半拉山之间，湖水碧波荡漾，绿树掩映，如诗如画，美不胜收；隐洞峡，蜿蜒曲折，流水潺潺，叮咚作响，犹如欢歌，形成一个又一个引人入胜的瀑布群。

沿溪而上，穿过遮天蔽日的原始次生林，攀上一人多高的石壁，大家可以看见令人称奇的水帘洞瀑布。水帘洞处于高达数十米的悬崖下方，天然形成。水从上面流下，不偏不斜，白花花像一串串珍珠垂下，酷似一幕宽大的珠帘悬挂在洞口，故而得名。挤身穿过水帘，来到洞口抬头望，它像气势恢宏的城门，里面十分宽敞，容纳五六百人也不觉得拥挤。整个洞体为花岗岩，有少量钟乳石痕迹；往里走，中间有一天然石柱，支撑着洞顶，人们可绕过石柱行走，再向里就只得蹲卧前行，里面一片漆黑，什么也看不见，用 100 瓦的矿灯也只能照见一小片。走到尽头洞口又向下，具体有多深，谁也说不清。

洞内蝙蝠甚多，都头朝下在洞顶悬挂着，像结满树的果子，偶尔有个别在洞内飞来飞去，也许是它特殊的本能，从不碰触你一下。

出水帘洞口，紧挨南侧有一很浅很小天然小水潭，可容一个人洗浴，水从上面跌落潭中，像有意安装的水龙喷头，洒在身上，格外凉爽，妙不可言。

峡谷尽头有一洞，原名叫隐洞，因为它三面悬崖，向东是唯一出口，洞口又偏向东南方，洞口前面有人砌石墙掩遮着洞口，不到跟前谁也不容易发现。由于这里十分隐蔽，故名隐洞，这道峡谷就叫隐洞峡，谷底的人工湖就叫隐洞湖了；下面有隐洞寺，现存古砖瓦、兽头等可鉴遗物。战乱年间，周边民众携儿带女，常到这里躲藏避难，十分安全。

隐洞峡两侧还有“印盘阁”“老龙角”“天门洞”“头道池”“二道池”“老龙窝”“蛤蟆石”“石门楼”“仙人台”“老姜爬”“二十四道弯”等著名景点。

东面还有尖山、白龙池、搬倒井、迴龙庙、百花湖、魏楼新农村社区、温泉小镇，再南边就是5A级嵖岈山风景区了。

女士们，先生们！本次旅程到此结束。希望此次之行能给您带来快乐和享受、留下美好的印象，并真诚期待您和更多的朋友的再次光临！

第一章　概　述

第一节　红石崖村

红石崖村位于河南省遂平县西部山区，距县城约 30 公里；由红石崖、蝎子沟、滴水崖、黄脸场、孙缸窑、半拉山等九个自然村组成。

该村行政归属于遂平县嵖岈山镇人民政府领导，具体旅游资源和业务则由景区负责。全村人口有 700 多人，总面积 11.5 平方公里，山区面积占 90% 以上。新落成的遂（平）袁（庄）景观路，弯弯曲曲，高高低低，从红石崖景区经过。行进在该路段上，两侧自然景观可尽收眼底。

近几年来，由于大力发展旅游服务业，该景观路两侧建起了不少“农家乐”餐馆，游客到此，尽可享受山区野味，饱尝口福。

第二节　红石崖地貌

红石崖的地貌，是典型的丹霞地貌。

山上山下，田间河滩，到处都是大小不一，形态各异的红色岩体和红色岩石块，有的裸露在外，有的深埋地下，有的夹杂在悬崖岩层里。裸露在地表的红色岩石，经过风刮雨淋的剥蚀，有的变成了坚硬的砾块，有的变成了松软的红土。

上世纪 50 年代，群众经常取其红土作为涂料刷墙用。在岩石中含有两种岩质，一是青灰色花岗斑岩，一是肉红色细粒花岗岩。前者较为常见，多为浑圆形，风化后留下光华细腻的红色粉末。这种独特的丹霞地貌，全省罕见，富有特色。

第三节　红石崖景区

红石崖景区规划面积有 50 多平方公里，该景区以红石崖为轴心，辐射周边的多处景观，包括土山村的“禅云寺”、海眼村的“海眼泉”、赵庄村的“水帘洞”、李兴楼村的“李先念纪念馆”等。

红石崖景区地理位置优越，南连全省十佳景区嵖岈山和“温泉小镇”，西靠舞钢市的风景名胜九头崖，北接槐树乡的龙天沟和西平县酒店的棠溪源，东有嵖岈山卫星人民公社旧址博物馆，形成了一个广大的旅游观光圈。

红石崖景区的特点比较明显，奇峰异石，怪树名花，深峡幽洞，飞瀑流泉等，应有尽有。群众有一首诗道出了红石崖景区的全貌：“六潭六泉七瀑布，四峡四洞二古墓，六大寺院六怪石，五大名山六碧湖。”

具体来说，该景区主要有卧虎山、圆龙山、凤凰山、跑马山、圆顶山、风山、苹果垛、尖山 8 座山峰构成，传统的景点有城墙峡、黑龙潭、水帘洞、海眼泉、园顶峰等五十多处。周边还有千风寺、禅云寺、公社旧址博物馆等，景色别致，千姿百态，溪流潺潺，鸟语花香，美不胜收，让人陶醉。上世纪 60 年代全国著名作家吴伯箫在红石崖地区游览之后写出了一篇脍炙人口的散文《猎户》，在媒体发表后，被选入全国高中语文传统教材。从那以后，红石崖的美名传遍全国。

第四节　红石崖抗战根据地

红石崖不仅历史悠久、风光秀丽，而且还是洒满革命先烈鲜血的红色热土。

抗日战争期间，中原豫西地区陷入敌手，中共中央决定八路军、新四军要出兵敌后，创建抗日根据地。据此，新四军五师十三旅和以黄霖为首的河南游击独立团于 1944 年 11 月来到嵖岈山，先后在红石崖、李兴楼、沟流、黎园沟一带开辟抗日根据地，抗战司令部就设在红石崖。

在开辟豫中地区的战斗中，有一批战士负伤，急需治疗、修养。因红石崖村四面环山，群众基础又好，新四军组织四十多名医护人员，在红石崖村设立了战地医院。为了安置伤病员，县抗日民主政府积极支持、配合。红石崖村的干部群众腾房整屋，积极接待、安置新四军和八路军负伤战士。在红石崖村和孙缸窑村，27 户村民家中就住进了 310 名负伤战士。

新四军五师的广大将士和红石崖的广大革命群众共同开展抗日斗争，谱写了一曲曲军爱民、民拥军的战歌，其光辉业绩名垂青史。为缅怀革命先烈，遂平县人民政府在九龙山烈士墓群旁修建起烈士陵园，立起一座革命英雄纪念碑，成为后人接受革命传统教育的基地。

第二章　自然村寨

第一节　歇子沟

歇子沟自然村位于遂平县嵖岈山镇红石崖村西的一个山谷里，东西走向，村中央有条小河，村里住着10多户人家，60多口人。这里为啥叫歇子沟呢？

相传，新的宇宙大地将要形成时，这里是女娲娘娘在红石崖炼五色彩石补天的地方。女娲和哥哥伏羲滚磨成亲后，从拍天山（今大歪尖山）下来住在歇子沟南山半山腰一个宽大的山洞里。后来，他们在山洞里生了两个肉蛋，伏羲见状非常生气，一怒之下，把这两个肉蛋扔到下面的山沟里了。过了一段时日，伏羲下到沟里砍柴，见到那两个肉蛋仍完好无损，还不时地蠕动。他感到蹊跷，就抡起斧头把两个肉蛋砍开。这一砍不当紧，从肉蛋里蹦出50个男孩，50个女孩。伏羲看到活蹦乱跳、天真可爱的小孩喜出望外，亲昵地把他们一个个抱回洞里，人类从此繁衍开来。从那以后，这条隔了很长时间才生出儿女的沟就叫歇子沟了。

后来，人们为纪念女娲的功德，在山顶上修了一座石寨，盖起庙宇，供奉女娲、伏羲兄妹、玉皇大帝及各路天神。因为女娲为风姓氏族，这座山叫风山，这山洞就叫娘娘洞至今。

另有传说，歇子沟还有另外两种含义：

一是村后有座山很像一只正在爬行的蝎子，它头朝西北，尾向东南，尾巴还微微向上翘着，惟妙惟肖，栩栩如生。

二是村周围山坡上，的确生长着很多蝎子。蝎子是名贵中药材，有消炎，活血化瘀的功效，从前不少人都来到这里扒蝎子，山场面积大，生长又多，凡来者都兴致而来，满意而归，很少有不获而归的。

所以，人们有时也会把它叫作“蝎子沟”。

第二节　滴水崖

滴水崖村坐落在圆龙山东侧，坐西向东，东面有一条自南向北的河，属遂平县境内奎旺河的发源地。河对岸那座山叫温家洼，山下有小瀑布，终年流水不断，每到汛期，如银河哗哗流淌，平时瀑布流水潺潺，到了旱季滴答不断。故取名滴水崖。

村子里住着储、徐两姓，共10多户，40多口人，20多亩土地，多为水田，以种植水稻，水芋头为主，兼种小麦，玉米；水力资源较好，旱涝都能保收。

近年来，在山区旅游开发的带动下，全庄有6户开起了农家乐饭馆，2户购置大卡车在外跑运输，1户成了养蜂专业户，经济收入都非常可观，大大改善了居住条件和生活条件，日子好比芝麻开花节节高。

第三节　黄脸场

黄脸场位居杨树湾的西面、滴水崖的西北面，南临圆龙山，北靠女娲居住地风山，西依歪尖山（古称奥莱山）。全庄10户，

30多口人，60亩山地，荒山面积占90%以上。

这里为啥叫黄脸场？传说这里是女娲生活过的地方，这一代流传着很多女娲活动的故事，比如女娲住过的山洞娘娘洞、为女娲修建的风山姨娘城、供奉女娲的娘娘庙、女娲采石补天的拍天山，还有母祖峡、女娲墓等。

所谓黄脸场，就是女娲为快速繁衍人类，用这里的黄泥巴捏成无数男女小泥人儿，在此晾晒的地方。一天，突然狂风大作，乌云翻滚，雷电交加，一场大雨将要来临，丈夫外出拾柴不在家，为保泥儿不被雨水淋坏，一时往屋里搬运不及，她便拿起扫帚往屋里扫。结果，在慌忙中有的扫掉了胳膊腿脚、有的摔坏了耳朵眼睛，后来成了人类中各种残疾和肢体不全的人。因为泥巴是黄色的，所以中国人的皮肤就是黄色的，这就是黄种人的根由。因为这个地方是晒黄泥人的地方，所以有史以来这里就叫黄脸场。

第四节　孙缸窑

孙缸窑位于红石崖村东南方，一条南北狭长的山沟里，坐西向东，前后都是山。后山海拔200多米，前面叫蔡坪山海拔不到100米；村前有条小溪，从南向北流去，归入红石河。全村35户，120人，120亩耕地，土地比较肥沃，曾有“要想富，缸窑住”的美誉。

村子南面有一道黄土岭，土层很厚，土质也较好，适宜烧制陶器。该村原来住着孙氏家族，家业兴旺，他们利用当地良好土质资源建起一座烧制缸的窑，烧制大小不同的缸、盆、罐类器物，直到民国期间，后因战乱缘故而终止。故而，这里就叫孙缸窑。

第五节　杨树湾

杨树湾在嵖岈山红石崖村西南两公里处。

正处于入山口路东的杨树湾，是滴水崖，黄脸场的出入交汇处：东边是南北走向的山，呈椅子状；村子不偏不斜正处中间，从地形看就给人以舒服感。从前，村子后面山湾里长满次生林，以大叶杨树最多，而且又粗又高大，枝叶茂盛，酷似大自然有意编制的绿色彩缎搭佩在椅子后背上，把村庄点缀得格外美丽。为此，人们亲昵地把这里称作杨树湾。村前有条河，河水清澈，终年不断。

村里住着 2 户王姓氏族（现已分为 6 家）人家，20 多口人。村里原来多为水浇地，由于水源丰富，农业生产连年丰收，历来生活都较为富裕。尤其近些年，随着旅游开发，有的开起了农家乐餐馆，有的养殖蜜蜂、养鸡养猪，家庭副业开展得红红火火，收入非常可观。

第六节　半拉山

这是半拉山下的一个小山村，位于红石崖村、孙缸窑南一公里的山谷尽头、跑马山北侧的山坳里。全村共 10 户，40 来口人。村子东西两面是山，西边的叫西大坡，海拔约 300 多米；东面的叫半拉山，海拔约 100 多米。

为啥叫半拉山哩？原来和西边山一体，也根本没有这山沟。据传，宋朝杨家将杨文广平叛南匪胜利后，班师回朝时候途经此地休息，不慎将乌金枪（兵器）往下放得过猛，只听咔嚓一声巨响，山体一裂两半，当间儿形成一条深沟。后来人们把东边这座小山叫半拉山，也叫半片山。再后来，这沟里住了人家，成了一个村庄，所以就取名叫半拉山了。

第七节　李庄

李庄，原名叫李四庄，位于红石崖村东面，坐北向南，背靠卧虎山，海拔 300 多米。卧虎山东西走向，头朝西，尾朝东，像一头伏卧的老虎在酣睡。山体上自然形成的一条条石亘，犹如虎皮斑纹活灵活现、栩栩如生，故名卧虎山。村前有条河，像一条玉带向东流去，流入荷花湖，曾有“背靠青山摇钱树，门前银河聚宝盆”之说。全庄 35 户，130 多口人，农作物以小麦、玉米为主，兼种花生、油菜和小杂粮，林果以桃、杏、梨为主，曾有“桃花村”之美誉。

大约在洪荒年代，这里一片荒凉，仅住着叫李四的一家四口人，以开荒种地为生。后来，迁来了韩、赵两姓，人丁日渐兴旺繁衍开来，李四一家逐渐衰败。后来，就以李四为庄名了，直到六七十年代才简化为李庄了。

第八节　蔡坪庄

“要要穷，住蔡坪，一根扁担两根绳；跑得快了还好受，一挑儿不担吃不成。”这是蔡坪村在旧社会悲惨生活的真实写照。

这个自然村坐落在嵖岈山乡红石崖村东面一个不到百米的孤独山冈上，住有 20 多户、110 多口人，共有丁、张两姓人家。丁姓祖籍郾城县大新店乡丁营村，因那里地势低洼，又是黑胶土，连年遭水灾、闹饥荒；明末清初，一户丁氏三兄弟分家后的老三，为摆脱贫困带着老婆来到这没有人烟的山沟里。因为在家被水淹怕了，决心要找一个很高又是黄土的地方住下。他们看这个地方挺高，水再大也淹不着，便登上山顶，见山上很平坦，到处长满树林，密不透风，仅有一间石头搭成的小屋；屋里面住着一位姓蔡的老头。经磋商后，他们只要立水、不要卧水，除此外寸土不要，于是就住了下来，接着就开荒种地过营生。

谁知这里山高土薄，又是稀湿黄地，既不耐旱又不耐涝，和老家的胶土一样，种不保收，又没水吃，饮用水跑到山下河里去担，所好的一点儿，人再也淹不着了。俗话说：“安家如楔钉。”既来之则安之，就这样一直繁衍生息在这块贫瘠的土地上。后来人口逐渐增多，山坡地开完了，地里种一葫芦打两瓢，打的粮食一年不够半年用，无奈只好扛着扁担上山以打柴为生，所以就形成了开头的一幕，就这样的苦日子度了几百年。

新中国成立后，穷人翻了身，日子犹如芝麻开花节节高。1986年在各级党和政府的亲切关怀下，水利局批专款，乡长潘耀甫亲自坐镇，在山下为村里打井建水塔，安上了水龙头，甘甜的泉水从山下流向山冈，流进蔡坪人的心窝里。现在家家通了电，户户有电视机，电话，有小四轮拖拉机，一年四季白面馍，小锅时常油乎乎，日子过得比蜜甜。担柴用的扁担都成了历史文物了。

自姓蔡的年老去世后，这里就叫蔡坪了，一直沿袭到现在。丁氏夫妇生了5个儿子，后又分5家；现在还是他们祖先传下的老五门，有100多口人。

第三章　五大山峰

第一节　卧虎山

卧虎山位于红石崖景区入口处，荷花湖和遂袁公路北面，海拔400多米，尾朝东，头朝西伏卧着，身上一道道石亘豆，好似一条条一道道虎皮斑纹随山就势有序排列，清晰可见。它安稳不动的神态，仿佛在酣睡；您听，它在打鼾呢！那沉睡的鼾声，预示着黎明的苏醒，更预示着红石崖土地和红石崖山区的经济崛起。

第二节　圆龙山

圆龙山位居红石崖景区腹内，黄脸场村民组南面，五里长沟东岸，南北走向海拔高度约500米。山上覆盖着茂盛的绿色植物，郁郁葱葱，密不透风。林中栖息着各种鸟类，清晨各种鸟叫声，和弦欢奏，鸣声清脆，悦耳动听，山体似云中游龙，又像缥缈下凡的仙女，独具特色，更蔚为壮观。

第三节　凤凰山

凤凰山又叫拍天山、墺崃山、大歪尖山。海拔700多米。是红石崖景区最高的一座山。此山为什么有这么多名号呢？首先说凤凰山，因它从各个角度观察都像一只展翅欲飞的凤凰，山南坡中心岭是它的躯干，山顶像凤凰头昂首向前，左右两只展翅的膀子，左边一只叫东膀子，右边的叫西膀子，很像一只展翅飞翔的凤凰，因此而得名“凤凰山”。拍天山据传，是因为女娲娘娘在红石崖炼石补天时，搬着火红的五色彩石在此补天的地方，故名拍天山。墺崃山又是凤凰山一个最古老的名字，曾因山高、山美，在清朝初期被公认为县八景之一。古诗云：“秋自云多巧，斯何独以名。因山为可借，度岭故轻成。气吐连潭水，形殊识幻情。遥遥思静夜，卮酒一星横。”大歪尖山，因它为这一带群山之首，又高又大，山势又与众不同，山尖不直立向上，不向南不向北，又不向东西，却倾斜指向西北，故而都叫它大歪尖山。它山势陡峭，气势雄伟，奇峰怪石，比比皆是，突兀森郁。游客来到红石崖，倍觉不登此山非好汉。

第四节　跑马山

跑马山，在千风寺对面，与平头垛遥遥相对。何为跑马山？因山虽高，但山顶较平缓，又紧挨平头垛。清末明初，农民起义将领刘洪启在平头垛驻扎时，常到这座山上操练兵马。后来，人们就把这山叫跑马山了，此山在河南地图上即可找到。

第五节　风山

风山，在歇子沟南面，海拔约 300 米。古人说：“山不在高，有仙则名。水不在深，有龙则灵。”此山北、西两面陡峭，东南两面较平缓，山顶端比较圆，并有一古老石寨，沿悬崖而建，非常雄伟、险要，大有一夫当关，万夫莫开之势，易守难攻。大门向南，墙体保存较好，寨内面积很大。传说，很久以前为人祖女娲所建，现有房舍根基，水井历史古迹可鉴。

山半腰悬崖下有一天然石洞，女娲曾在里面居住过，人们便叫此洞为女娲洞或娘娘洞。因女娲为风姓氏族，人们还叫它风洞，这座山就叫风山。

第四章　五大景观

第一节　千风寺（金莲寺）遗址

千风寺始建于唐代，重建于明正统己巳年（1449 年）。曾为周围七十二寺庙之首。相传寺庙规模甚大，气势雄伟，僧人众多，每年三月初三为定期庙会，人声如潮，烟雾缭绕。现存有庙基和残碑，碑帽上刻有精美的“二龙戏珠”图案，有较高的观赏和考古价值。

该遗址在大山深处的一开阔地带，四周高山耸峙，向南有一弯曲通道，山坡林木挺拔，山花灿烂。雨后天晴，周围山峰到处金光闪闪，耀眼明光，如朵朵盛开的莲花，故又名金莲寺。寺内供奉着人类始祖女娲娘娘及保护她的各路天神，佛祖的神位。

第二节　黑龙潭

黑龙潭位于城墙东端，雨水正常年份潭水深二丈余，黑水翻涌。相传，这里曾有黑龙居住，年年为当地百姓普降甘霖。岸上有供奉黑龙的龙王庙，每逢干旱，到这里求雨的香客来往不断，据说非常灵验。

第三节　城墙峡

跑马山往西有一道峡谷，谷长两公里。峰高谷深，两边壁立千仞，状如两道石砌的城墙，蜿蜒曲折，平行延伸，故名城墙峡。谷底回声轰响，两边林木葱郁，流水潺潺，即使是在炎热的三伏天，谷底也寒气逼人。黑龙潭、浑水谭、天井瀑布、三迭瀑野狼峡瀑布等都分布在峡谷之中。

第四节　水帘洞

水帘洞位于跑马山东侧，隐洞沟水库西岸。洞口朝向东南，高达数丈。洞内可容五百余人，入洞迎面有一石柱，底上相连，洞中各色钟乳石形状千姿百态，犬牙差互，向内走有很多叉洞通往各方，深不可测。上方有一石潭，潭水经洞口流下，如帘垂洞口，故而得名。

第五节　海眼泉

圆顶山脚东两公里外，有大小两个海眼泉，两泉相通，约距500多米，一个在南，一个在北面，泉水恒温15℃ ~ 20℃，冬暖夏凉，终年四溢。大泉曾为七八一矿和附近十余个村子常年供水，取之不竭，犹如通海，故名海眼。两泉水富含矿物质，晶莹透明，堪称天下第一奇泉。客商经反复考察后，正在开发。

第五章　五大怪石

第一节　擂鼓石

擂鼓石地处红石崖村西南 500 米，遂袁公路左侧，高约 8 米许，中间大，两端较小，顶端稍平，酷似一面大鼓。据传，该石系隋朝末年农民起义将领刘洪启聚兵点将擂鼓叫人之物。从前，据说你若在上面用石头去砸，几里之外，便能听到咚、咚、咚震耳欲聋的声响，故名擂鼓石。

第二节　千斤石

千斤石是一块巨大的石头，在滴水崖南面、小河东岸、遂袁公路右下边水田中间，谁也搬不动它。据传，是刘洪启闲暇时常用这块巨石把玩练功、锻炼身体的。

第三节　情侣石

情侣石，地处红石崖村滴水崖南 400 米处，大石棚偏对面山腰间。在突兀的悬崖中间，有两块巨石，好比一男一女年过六旬老者的半身头像。并齐排列，紧紧挨着，驻足仔细观察，面部深深地皱纹显露出饱经风霜的形象，活灵活现，妙趣横生。人们管叫它情侣石。

第四节　天然奇石“兵马俑”

“兵马俑”石，位居红石崖风景区平头垛顶峰偏东侧，原七八一矿南面。这里有一大片大小不一，高低错落，排列有序，呈纵队的“石林”，高的20来米，低的有2米左右，姿态酷似陕西秦始皇陵陪葬品兵马俑，故名天然兵马俑。

此景观大约形成于远古地壳变动时期。经长期日晒雨淋，雷电闪击，风霜剥蚀，泥土退化，地表演变显露出的一柱柱石峰。不是兵马俑，胜似兵马俑。

第五节　蛤蟆石

蛤蟆石位于红石崖景区，隐洞峡水库东岸的山巅上。这两块巨大的石头，酷似一大一小两只蛤蟆，在水库畅游过后，蹲卧在岸上昂头“呱呱”欢叫的样子。它形象逼真，妙趣横生。似乎见证着这里下游水源不足，几个村庄人畜严重缺水的历史。人们日思夜盼，啥时能把水的问题解决呢？

1957年在兴修水利热潮中，村党支部和村委会根据村民意愿，带领全村劳力群策群力，发扬自力更生、艰苦奋斗精神，在峡谷出口处修筑了一座土石结构高60多米，宽50米的拦水坝，把山上的水拦在坝内。大坝修起后，不仅防止了汛期洪水泛滥冲毁农田的局面，而且变害为利，汛期能防洪，旱时能浇灌良田。在党和政府关怀下，1997年至2012年，政府及有关部门两次下拨专款进行加固修复后，又修建了人畜饮水工程。安装了水管等配套设施，把纯净甘甜的水通过管道输送到下游几个村庄的家家户户，彻底解决了山区世代人畜饮水难问题。

现在碧波如镜的人工湖在巍巍青山映衬下，好比人间仙境，使干涸的蛤蟆石焕发出无限生机，显得特别有灵气。生活在这里的人们常常可听到青蛙欢乐的叫声。

第六章　抗日战争故事

第一节　“会师泉”映鱼水情

嵖岈山红石崖村前有条红石河。红石河自西向东蜿蜒流经九龙山。九龙山脚下有眼井，叫九龙泉。泉水清凉甘甜，四季不断。抗日战争时期，新四军、八路军胜利会师，创立了以嵖岈山为中心的豫中抗日根据地，在红石崖村设立了战地医院，有300多伤病员在这里治疗养伤。军民共饮九龙泉水。后来，人们为纪念新四军、八路军的功绩，表达军民亲如一家的情谊，就在九龙泉边竖起一块石碑，上书“会师泉”。

军民共饮一泉水，鱼水情深谱新篇。

1944年7月，新四军五师师长兼政委李先念遵照中共中央、中央军委“绾毂中原”的指示，率部挺进河南。1944年11月至次年3月，新四军五师黄霖兵团（河南挺进兵团）和周志坚所率新四军十三旅三十八、三十九团先后到达嵖岈山区会合，经过遂平县嵖岈山保卫战、母猪峡战斗、阳丰遭遇战和确山任店、舞阳尹集、西平合水、禹县神垕等大小百次战斗，击溃日、伪、顽势力，于4月在嵖岈山建立豫中工委，书记为栗在山。7月，为加强豫中地区抗日武装力量，豫西八路军王树声部队的陈先瑞支队（旅）到达嵖岈山，与黄霖兵团会合组成豫中部队。8月上旬，成立豫中地委、豫中专署、豫中军分区。机关设在遂平槐树乡李兴楼。10月中旬，王树声率豫西八路军皮定钧、张才千、刘昌毅支队（旅）与冀鲁豫军区王定烈、李士才率领的水东八团到达嵖岈山，同豫中部队会合。10月15日，李先念在嵖岈山土山主持召开新四军、八路军三路部队会师大会，欢庆党中央、中央军委“绾毂中原”战略决策的伟大胜利。之后，李先念用根据地军民生产的米酒和山菜招待、慰劳了会师的新四军、八路军广大指战员。

在开辟豫中地区的战斗中，有一批战士负伤，急需治疗、休养。红石崖村四面环山，“会师泉”水源充足，群众基础又好，新四军五师就组织40多名医护人员，在村里设立了战地医院。

为了安置伤员，遂平县委、遂平县抗日民主政府积极支持、配合，动员、组织村民腾房整屋。红石崖周围各村，几乎家家都住有新四军和八路军的负伤战士。在红石崖村和孙缸窑村，27户村民家里就住进310名负伤战士。最少的农户住四五个，最多的一户就住有24位。乡亲们把主房和较好的房屋腾出来，让伤员住。都主动、热心地到“会师泉”取水为负伤战士煎汤熬药，擦洗伤口，端茶喂饭，精心护理，有力地配合新四军战地医院巡回医疗组的诊治工作。当时缺医少药，乡亲们主动上山采药，把车前草、槐子、茅草根、黄黄苗（蒲公英）、野菊花、地灵根等采来洗净、晾干，送给伤员。黄霖兵团司令部一位作战参谋，患了肺结核，老乡们纷纷送来鸡蛋，最多的拿10个，最少的拿1个。因为当时的山区老乡太穷，但就是一个鸡蛋，也舍不得吃，也要拿出来，让伤病员补身子。有几次天气干旱，乡亲们都自觉到远方河里提水做饭，也要保证伤员们用到“会师泉”水。

豫中地区新四军、八路军首长非常关心伤员，千方百计组织人员深入到敌人布防森严的县城购买药品，连当时奇缺的盘尼西林（青霉素）都弄来给重伤员用。首长们还经常到战地医院看望伤员。在一个晴朗的日子，李先念带领豫中部队黄霖、栗在山、陈先瑞、任质斌、刘少卿、冷新华首长到战地医院慰问，给每位负伤战士送去了红糖和白面粉，并深入到农户，向老乡们表示感谢。伤员们感动得热泪盈眶，纷纷表示重返前线痛击日寇。

由于医护人员和乡亲们共同的精心医疗和护理，这三百多名伤病员大部分治愈重返部队，去迎接新的战斗。

军爱民，民拥军，军民团结一家亲。乡亲们把子弟兵当成自己的亲人，子弟兵视乡亲们为父母。在党的领导下，豫中各县都建立了抗日民主政权，开展了减租减息运动。群众的抗日热情空前高涨，纷纷送自己的子弟参军参战。他们战时抬担架、送干粮，支援前线。红石崖村的乡亲还把“会师泉”水送到战场上，给战士们解渴。指战员们为争取抗战胜利而打仗，在战斗中保护群众的生命和财产。嵖岈山西南部深山的母猪峡一带，被顽匪石聘候占据。他以伪独立游击支队为名，勾结日寇，骚扰乡里，鱼肉百姓，胡作非为。1945 年 2 月 8 日拂晓，新四军五师黄霖兵团在地方抗日武装配合下，以母猪峡灯台架为突破口，一举打垮外号“石猴子”的石聘候顽匪三个中队五百多人。战斗结束后又动员两千多群众帮助搬运武器、弹药，粮食和布匹等战利品，历时三日。为创建豫中抗日根据地拔掉了这座“土围子”，为民除了一大害。有一次，伪遂平县保安团在玉山镇扣押九位嵖岈山常韩村农民，第二天要在县城杀害他们。豫中军分区首长闻讯后迅速集中优势兵力连夜攻打伪遂平县城，活捉了敌保安团团副，救出了九位老乡和牲口。这件事在当时已传为佳话。

这些史实至今已过去 60 年了，“会师泉”依然坐落在九龙山下。而今，乡亲们仍然用“会师泉”水烧茶做饭。虽然条件好了，家家户户都在自己家打起了井，用水非常方便。但他们经常到“会师泉”取水，乡亲们说，“会师泉”的水甘甜有味，喝着“会师泉”水，就想起李先念等部队首长慰问伤病员的情景。回忆起新四军、八路军开辟豫中地区的难忘岁月。看见“会师泉”，一种怀念之情油然而生。

第二节　红石崖村的革命斗争史

红石崖位于八百里伏牛山东麓，遂平县西部边陲。由于大自然的造化形成四面环山，地势险要，一面环水，向东仅有一个出口的天然盆地，这里林木茂盛，郁郁葱葱遮天蔽日，易守难攻，历来是兵家必争战略要地。是人们观光休闲、旅游探幽的理想去处。2004 年红石崖列为国家森林公园、省级地质公园、成为典型的丹霞地貌旅游景区，遂平县爱国主义教育基地。

全村总面积11.5公里，辖菜坪、李庄、孙缸窑、半拉山、红石崖、蝎子沟、杨树湾、黄脸场、滴水崖等 9 个自然村，745 口人，600 多亩耕地，都分布在各个山坳里和山冈上。在早期革命斗争年代，红石崖村具有光荣的革命斗争历史。

一、抗日根据地

1944 年 8 月，根据党中央毛主席“绾毂中原”的战略决策，新四军五师师长李先念派遣黄霖率河南游击兵团挺进河南，开辟嵖岈山抗日根据地，部队将士冒着枪林弹雨，千里跋涉，来到嵖岈山区。1200 多人驻扎在丛林茂密、丘陵连绵的山区李兴楼、万庄、胜桥、弯儿陈等地。300 多名伤员驻扎在红石崖、院部在王书栋家，手术室在王培根、王富贵家，首长住到康松家，孙缸窑、蝎子沟等山村，住满了将士和伤病员，爱国民主人士魏朗斋，周子瑜率郭良辰、魏太初、李化远等嵖岈山职业学校师生员工 30 多人组成的抗日中队，随部队驻扎孙缸窑进步人士张铸九家。遂平县委县政府驻杨树湾、黄脸场、滴水崖，俗称西三村。兵团司令部驻扎在李兴楼，战地医院设在红石崖村，部队安顿后，黄霖率领将士对周边玉山、吴寨、文城、诸市、沈寨、张吴楼、西平酒店、合水等地盘踞的日伪军顽固反动派展开了可歌可泣的英勇战斗。其间该村很多热血青年纷纷报名参军参战，共同对付敌人，他们之中先后有王永先、王永奎、于甫、刘成喜、张金志、王会林、孙富圈、王中坤加入斗争行列。他们苦大仇深，渴求翻身解放，各个在战场上英勇杀敌，屡立战功。张金志、王会林在枪林弹雨中壮烈牺牲，王永奎致残。

二、新四军战地医院所在地

当时战斗频繁，战果辉煌，但人员负伤在所难免，红石崖战地医院接纳伤员达三百一十多人，在周围莱坪、孙缸窑、李庄、蝎子沟自然村各家各户住满了伤员。医护人员共四十多人，院长张之初（遂平县人）眼看伤员逐渐增加，医护人员不够用，加之药品匮乏，医疗条件跟不上，怎么办？该村村民自发组织起穷人会，也叫贫苦农民联合会，其主要成员有：王其四、储明义、刘康松、王书栋、王富贵、张铸九、郑国典、韩双全、李顺、王培根等，并选出一名代表蒋凤山负责，名叫穷人头儿。担负与部队地下联络，传递信息，动员青年参加革命的职责，更具体的是帮助筹集粮、物、柴、菜生活必需品，帮助医护人员护理伤员，村民主动上山刨中草药，土法制成膏、丹、丸、散，为伤员服务，有的熬五枝水给伤员擦洗、包扎伤口，妇女主动为将士、伤员缝补衣服、被褥。组织建立后，部队需要什么，只要头儿一声号令，大家积极响应很快完成，从不推迟。解决了首长的燃眉之急，也为以后工作的正常开展，支前保障提供了良好条件。同时还成立了儿童团，儿童都备有用木棒自制的童子军棍，约三四尺长，一半红色，一半白色，平时部队有专人组织他们培训操练杀敌动作，侦探敌情基本知识，教唱抗日歌曲。

三、军民抗战的血与火

由于红石崖地处山区，饮水困难，部队为解决军民用水，在村子东头挖了一眼水井，供军民供用。群众为保证部队将士、伤员正常用水，舍不得到井里提水，便主动到河里挑水吃，反映了军爱民，民拥军的鱼水深情。新四军五师师长李先念在土山迎接冀鲁豫军水东八团团长王定烈、政委李世才、河南军区（嵩岳兵团）皮定均、张才千、刘昌毅和黄霖兵团在土山会师后，带看慰问品到红石崖战地医院看望伤病员时候共饮该井水。部队撤离后，在井旁竖起一块石碑，上面镌刻着“会师泉”三个大字，以示纪念。

1945 年秋，内战开始，国民党 30 万大军围剿中原。大军压境敌强我弱。中原军民遵照党中央战略部署，政委陈先瑞、司令员栗在山率部紧急撤离嵖岈山区。遂平县委也在政委吴泽芳、县长时志仁、县大队（称县独立团）文明章、副团长周子瑜的率领下随大部队于 11 月的一天出发，昼夜兼程转移到湖北枣阳，准备中原突围。

这时，红石崖医院也随军撤离，伤员能走的全走了，不能走的有贫农组织担架队用担架抬，他们不顾山高路滑，顺着狭窄的羊肠小道翻大山，越沟壑，攀荆棘，经过四天四夜，将部分伤员送到目的地（护送伤员的有丁运穴、丁运啥、丁运东、孙凤松、孙运良、孙运富、张金山、郑改志、郑遂志、姚凤颜、赵结石等 50 多人）。一时没来得及转移、暂时留守的部分伤员，红石崖群众舍生忘死地保护他们，有的藏在农户家，有的藏在柴草垛里或村外密林中、秸秆庵子里，村民给他们送吃送喝。有一个叫白钧的排长，还能慢慢走，村民刘世元趁黑夜把他护送到大歪尖山西面山谷密林中，趁机脱离了危险。新中国成立后，白钧专程寻到这家探望，以谢救命之恩。

11月，我新四军刚撤不久，国民党三个师，沿平汉线由南向北，步步为营，直抵遂平。死灰复燃的遂平县伪保安团，在团长徐尧臣带领下，来到嵖岈山开展大围剿，疯狂残杀新四军、八路军家属，实行封门、抄家、枪杀、活埋，惨绝人寰。

根据当时穷人头共产党员蒋凤山老人回忆：“一天，徐尧臣来到红石崖县保安团，地方保长，保丁一起进行拉网式大搜查，搜出17名伤员，丧尽病狂的刽子手，心狠手辣，百般仇恨。”他说，“俺蝎子沟南面半山腰活埋两个，李柱子家东边流水沟里埋四个。”李顺说：“俺庄南大洼活埋四个，北沟、牛角湾埋五个，山北坡埋三个，有的是草垛里找出的，有的是在往山上爬时被发现就地活埋的。”

鲍庄村老战士孟庆申回忆：“当时红石崖战地医院300多名伤员有的经过精心治疗康复出院，返回部队投入战斗了，有的因伤势过重，缺医少药治疗无效光荣牺牲，后被敌人搜出的17位战士有的炸断了双腿，有的失去了双脚，他们殷红的鲜血还浸湿着绷带和褴褛的衣裤。就这样，有的用抬筐抬，有的用绳捆绑着双脚前面用牛在地上拽，热烫的鲜血在流着，一滴一滴洒在坎坷不平的黄土地上，他们疼得撕心裂肺地惨叫着，一直拖到红石崖东面九龙山下河沟里，刽子手一拥而上，把伤员一个个推到坑里，然后用石头把喊叫的新四军战士砸得血肉模糊、奄奄一息时盖上沙土和泥块。”

这17位新四军战士没有一个留下姓名和家庭住址，只留下一堆荒坟和山河常在，沐雨栉风。后来，善良的村民，爱兵如子的人们把他们的骨骸扒出埋了17座坟墓。

1996年，为缅怀革命先烈，遂平县人民政府根据群众意愿在埋葬烈士墓的九龙山上修建了革命烈士纪念碑。尔后，周边群众、中小学生、机关干部、军人，每年都来此为烈士扫墓，祭奠英烈，进行爱国主义教育和革命传统教育，英雄主义教育，附近兄弟县市，乡镇机关入党积极分子来到烈士墓和纪念碑前宣誓，接受爱国主义教育。

第三节　战火中的红石崖新四军医院

红石崖位于遂平县嵖岈山镇，蜿蜒八里伏牛山东缘，泌阳、遂平、舞阳、西平四县交汇处，这里四面环山，满山遍野，丛林茂密。山下小溪弯弯，叮咚常年。地势隐匿，历代为兵家必争之地。

1944 年 8 月，根据党中央“缩毂中原”的战略决策，新四军五师李先念师长派遣黄霖率河南游击兵团挺进河南，开辟嵖岈山抗日革命根据地。部队冒着枪林弹雨，千里跋涉，来到李兴楼，1200 多名将士驻扎在树木葱郁，丘陵连绵的山区李兴楼、胜桥、弯陈、歇子沟、滴水崖、万庄、红石崖等山村。

兵团司令部设在李兴楼，战地医院设在红石崖村。黄霖司令员率领部队，对周边地区的日、伪、顽反动派展开了可歌可泣的英勇斗争！

1944 年 10 月 27 日，歼灭确山匪首张明大部，俘获 500 余人，1945 年年初，歼灭日寇设在合水镇的西平、遂平、上蔡、舞阳四县联防司令部 120 人，活捉吴春亭、张国威两位投敌卖国的国民党将军。

2 月 23 日，歼灭盘踞在舞阳母猪峡地区的石品猴部 150 多人。

3 月 26 日，歼灭日伪西平伊集据点关振亚部，俘虏 800 余人。

6 月 20 日，在神沟庙歼灭遂平县保安团徐尧臣部，俘虏官兵 200 余人。保安团长徐尧臣藏进水缸，躲过搜查，逃走了。

兵团在河南近一年时间，开辟了东起平原沃野的汝南、上蔡，西至群山连绵的桐柏、方城；南接豫南重镇信阳；北达水陆通道漯河；纵横二百余里的嵖岈山抗日革命根据地。建立了豫中军分区，豫中行署，豫中地委。先后成立汝正确、汝蔡遂、确泌桐、信阳、遂平、西平等县的抗日民主政权，同时发展了大小不等的几十支地方武装，兵团由原来的一千多人发展到一万多人，基本上实现了中共中央“绾毂中原”的战略决策，为赢得抗日战争的胜利作出了重要贡献。

战斗频繁，战果辉煌，但伤病员也在所难免。

红石崖医院最多时有伤病员 310 多人。

医院设有院部、手术室、首长住室、医药库，医护人员 40 多人。两位院长，其中一位院长张之初是遂平县人。护士至今还在的有徐翠莲、杨桂荣。

伤病员分别住在周围农户家中，最多时一户住有 24 人。

战争期间，药品匮乏。红石崖群众视战士如亲人，献粮献物，协助医院，上山刨中草药，土法制成膏、丹、丸、散让伤员服用。熬五枝水为伤员擦洗伤口，无微不至地精心护理伤员。

豫中军区司令员陈先端、副司令员黄霖、政委栗在山等领导，经常到医院看望和慰问伤员。

经医院治疗，康复出院的干部、战士有 300 多人，他们重返战场，英勇杀敌。

1945 年秋，蒋介石悍然撕毁停战协定和政协决议，打响了全国内战的第一枪——30 万大军围剿中原根据地。

大军压境，敌强我弱。豫中军区全体军政人员遵照党中央部署，在陈先瑞、黄霖司令员、栗在山政委的率领下，撤离了嵖岈山地区。

遂平县地方基层干部和独立团共 1400 人，在县长时志仁，独立团长文明章、副团长周子瑜、政委吴泽芳的率领下，于 1945

年 11 月，转移桐柏整编，准备中原突围。

同期，红石崖医院全体医务人员随军撤离。伤病员只要能走的全走，不能走的由群众用担架抬着走。个别重伤员，实在无力行动的，由当地群众舍生忘死保护他们。

11 月，国民党军三个师，沿平汉线由南向北，直抵遂平。并步步为营，向西逼进。这时，死灰复燃的遂平县保安团，在团长徐尧臣带领下，杀气腾腾地进山剿共。他巴结地方绅士，疯狂摧残，屠杀新四军，八路军家属，施行封门、抄家、罚款、枪杀、活埋等惨绝人寰的报复手段。

一日，徐尧臣策马赶到红石崖，抓了 7 名新四军伤员！徐尧臣得意地狞笑说："他们可是黄霖、栗在山部队的？"下属回答："是，在红石崖一个麦场草棚里抓住的。"徐尧臣接着说："黄霖、栗在山跑了，把这 7 个新四军战士统统活埋，让老百姓知道，谁干共产党，就是这样下场！"

这 7 名新四军战士在国民党军队枪弹下，有的炸断了腿，有的失去了脚。殷红的血还在浸湿绷带和褴褛的衣裤，被绳捆索绑着躺在地上，浑身泥土，面色蜡黄，只有一双明眸射出仇恨的光，显示生命顽强不息。

保安团绑着战士的脚脖，用抢来的群众的牛，拉着伤员在地上拖，血流着，一滴一滴洒在在坎坷不平的黄沙路上，痛得伤员撕心裂肺地惨叫。拖到红石崖村东面九龙山下河沟里，把 7 个伟大的战士推到坑里，又用石头把喊叫着的战士砸得血流满面，神志昏迷，并盖上沙土石块，扬长而去。这 7 位新四军战士没留下姓名，也没留下家庭地址，只有埋葬为革命献身的他们的一堆荒坟与山河常在，沐雨栉风！

敌人搜查中，县保安团和地方乡三百余人，联合行动，来回拦网抓人，抓住了都交给县保安团。中共党员、穷人头、孙缸窑村蒋凤山说："俺村河南沿半山腰，李柱子家东边山洼里活埋四个新四军伤员，才二十多岁，也不叫啥名字。"歇子沟人，中共党员李林川说："歇子沟南大洼活埋四个新四军病号，蝎子沟北活埋两个，牛角湾活埋三个，山北坡也活埋三个。他们是往山上树林里躲藏时，被县保安团搜出来，就地活埋的。"

当年浴血奋战的六十多名烈士，在此惨遭敌害。

孟庆申（砚望店人）说："我清楚地记得黄霖、陈少敏在泌阳马古田开大会，很悲痛地讲，我们的战士在红石崖战地医院因伤势过重，医治无效的有 35 人牺牲，有 22 人惨遭伪政府活埋。"

红石崖的土地上，洒满了新四军战士的热血！

这里处处埋忠骨，岭岭皆丰碑。

这是中国历史上震惊中外的中原突围前夜的一幕。

2004 年，我作为红石崖学校原校长、嵖岈山镇老区建设促进会秘书长，受委托特地骑车走访了 9 个多月，调查访问了嵖岈山、槐树、玉山、嵖岈山风景区四个乡五十多位新四军老战士、知情人，摸清情况、汇集资料，向上级进行了详细汇报。

当年，遂平县政府决定把红石崖作为遂平县红色教育基地。县老促会、扶贫办、民政局共筹款 7 万多元，修筑了通往九龙山的道路，建了九龙山革命烈士陵园。又拨专款 2 万元，修建了九龙山革命烈士纪念碑，碑高 6.9 米，灰白色大理石碑上镌刻着："革命烈士永垂不朽！"

九龙山上植苍松翠柏，四季常青！

后代人瞻仰烈士丰功伟绩，永远沿着革命的道路前进。

第四节　一个银元的故事

这个故事发生在 1945 年，是新四军老战士王永奎亲口讲述的——

抗日战争结束后，国民党反动派在美帝的支持下，竟然派20多万军队进攻中原解放区，悍然发动反共反人民的全面内战，中华民族再一次陷入战火灾难之中。

为了保存实力，中共中央中原局决定将原新四军主力集结桐柏山区，实施中原突围。驻扎在红石崖根据地的新四军五师中原挺进兵团主力和新四军五师战地医院被迫撤离。我所在的连队奉命留守原地，坚持战斗。

1946年春夏之交的一天下午，在栗园村村南打麦场上，黄霖司令员亲自给我们开会。他说：同志们，我们走了以后，敌人肯定会疯狂反扑大举进攻，根据地以后的环境会更艰难，你们要做好吃大苦耐大劳的思想准备，我们的撤离只是暂时的，不用一年，我们还会打回来的，临到最后，他给留守人员每人发一块钢洋，作为个人津贴和活动经费。

我们连的连长王文田拿着这块银元凝视良久，仿佛又回到三年前他离家参加革命队伍的那天夜晚。三年前，他向过门不到一个月的妻子告别时，妻子眼含热泪，把戴在脖子上用红头绳系着的“乾隆通宝”制钱取下来，戴在王文田的脖子上，说：“这是保命钱，你戴着它，我和你永不分离，保佑你平平安安。”原来，王文田连长的妻子，从小体弱多病，长到12岁那年，遇一道士，说她命中缺金，身上要常戴一个金属器物以保性命。可是她家也是给人家种地的佃户，穷得叮当响，上哪去弄一个值钱的金属器物呢？于是就用铜钱替代，说来也怪，自她戴上那枚铜钱后，身子骨日渐强壮起来。从此以后，我们王文田连长把那枚铜钱和一块钢洋时常装在上衣左边贴胸的衣袋里。

新四军五师战略转移之后，国民党反动势力纠集西平、遂平、泌阳、舞阳四县保安大队和国民党第九路军的一个整编团的兵力，对红石崖根据地进行反扑，大有黑云压城城欲摧之势，而我们留守下来的兵力只有两个连，再加上西平、遂平的地方武装力量也不足 1500 人。面对敌强我弱的态势，我们采取以运动战为主的作战方式，避敌主力，打其虚弱，诱敌深入，各个击破，在运动中消灭敌人有生力量。

这年，三伏的第二天，国民党军队荷枪实弹，气势汹汹，大举向红石崖革命根据地进攻，从南、北、东三个方向进行围剿。我军主动放弃红石崖，向西部山区撤退，利用有利地形，同敌人周旋，并派一小分队，诱敌至猫头山，决定在此狙击敌人，打破敌人围剿计划。

猫头山位于红石崖西部十多华里的地方，此地地势险要，南靠凤凰山，北依猫头山，是西平、遂平、泌阳三县交界处，素有“一鸡鸣三县”之称，南北两端突兀、高耸，像是竖起的两只猫耳，中间浑圆低平，状似猫头，故名猫头山。我军将士埋伏在南北猫耳两侧，布成袋阵。到半晌午的时候，大概也就是在上午十点半左右，敌人进入了我们的阵地，只听一声令下“打”！枪炮声齐鸣，震天动地，敌人被打得晕头转向，败下阵去。少倾，敌人依仗人多势众，精良装备，又开始组织反扑。时近正晌午，我们的弹药越来越少，而蜂拥上来的敌人却越来越多。这时，有我们连作掩护，开始有组织撤退。

我们顺利完成掩护阻击任务，也开始向西边山下转移，突然敌人的一颗子弹打中了战友张仁义的左脚。连长王文田回头一看，张仁义离我们有五丈之远，血流不止，蹲在地上，用手捂着伤脚，王文田返身冲到他的身边，给他包扎，正要背起张仁义走时，只听当啷一声响，像是打着了一块金属，敌人的一颗子弹不偏不斜，射中了王连长左前胸，震得他向后微倾了几下，那颗子弹顺势落在地下，滚进了草丛里。王文田连长却安然无恙，然后转身背起张仁义，向密林走去。

天越来越暗，一声响雷在我们当顶炸响，接着下起了大雨，敌人已经越过猫头山，在后边紧追着我们，此时此刻，雨如瓢泼似的下着，我们借助大雨终于摆脱了敌人的追踪，到达山下一户农家。

休息的时候，王文田连长从上衣贴胸的衣袋里，掏着那个铜钱和那块钢洋，只见那块钢洋被打了个凹，他笑着说，这真是救命钱啊。我们见状都说，这钱不仅救了你的命，而且我们也沾了光，让咱们都跳出了敌人的包围圈。

故事到这里并没有结束，新中国成立后，王文田担任遂平县长，领导遂平人民完成了土地改革和三大改造，进行社会主义建设。

第五节　红石崖村的新四军战士王永奎

王永奎，男，1930 年出生于河南省遂平县嵖岈山镇红石崖村一贫苦农民家中。他家历代贫寒，靠给地主扛长工成打短工维持一家人的生计。其父王志协是中共党员，在 1946 年至 1947 年间为地下党联络员（交通员）。王永奎自幼受尽饥寒、吃尽了苦头，眼看着和自己一样的许许多多老百姓都在死亡线上挣扎，心里不是滋味，立志有朝一日要推翻黑暗的旧社会，让穷人过上好日子。

1944 年 8 月，抗日部队新四军河南独立兵团司令员黄霖、政委栗在山率部到红石崖、李兴楼开辟抗日根据地。正在胜桥扛长工的王永奎闻讯后，怀着满腔的革命热情，拉着父亲执意要报名参军，这时他才 14 岁。首长看他年龄太小不想接收。他哭着说："再苦再累我也不怕，我非跟着您不可。"在他们父子的再三恳求下，首长欣然同意了。同年 10 月，王永奎正式踏入革命队伍的行列，编入新四军五师十三旅四十四团一营。

当时该部队就在西平、遂平一带，同敌人展开了你死我活的斗争。王永奎参军后的第一仗就是攻打西平县酒店乡潭山河一带的土匪头子御其昌，我军获得了胜利。共打死打伤敌人10多个，俘虏50多名，缴获枪支20余支，还有钢洋数袋，粮草数车。

1945年2月，寒冬未尽，冰雪封山，盘踞在红石崖西南方的母猪峡的顽匪石品侯纠集三千多人，气焰十分嚣张，疯狂地对我根据地进行骚扰。黄霖率兵团冒严寒一举歼灭了石品侯及前来增援的日伪军。一共缴获大小炮13门，步枪300多支，弹药无数，光战利品当地的老百姓两天两夜都没有搬完。敌人死伤三百多人，而我军无一伤亡。3月份又接连攻打了舞阳县尹集日伪军及西平县合水镇，遂平县的神沟庙、张吴楼、下宋、土山等据点。经过将士们英勇战斗，我军屡屡得胜，共歼土匪及日伪军两千八百余人，为建立西、遂、叶抗日根据地扫清了道路。

同年4月，王永奎因身小力薄，加之中弹负伤，跟不上部队，领导决定让他暂时躲在当地老百姓家里。待伤痊愈又把他调到地方补充团。司令员叫于支农、营长王干臣。5月新四军河南独立兵团司令员黄林、政委何镇亚在西平境内的梨园沟召开会议，决定从各游击队抽调58名15 ~ 18岁的小兵举办青年学校，其中有王永奎，在西平酒店乡山坡余村学习一个月。学习后，又被送回五师师部供给处粮秣科任通信员。当时的师部和新四军野战医院三百多名伤员由海眼村土门村民组迁到红石崖，这时红石崖周围的几个自然村各家各户便成了将士的宿营地和病房。由于部队纪律严明，爱护百姓，军民关系很好，这里的群众视子弟兵如亲人，献粮献物，精心护理伤员。但由于部队当时的供给跟不上，医疗条件差，仍有二十多名重伤员牺牲在红石崖，其中5名伤员被伪军活埋了。

日本投降后，王永奎跟部队到湖北房山县，他的领导是当时上级新调任的粮秣科长李建安。1945年10月，国民党背信弃义，竟断然撕毁“双十协定”——调集30万兵力围攻我中原解放区，将我解放区主力围困在湖北宣化方圆不到百公里的区域内，严密封锁，企图将我军一网打尽。当时王永奎所在的部队就住在宣化北小寨村，他曾记得1946年3月李先念、周恩来在宣化为叶挺、王若飞将军召开隆重追悼会，参加追悼会的有数万人。

1946年6月26日，国民党突然大举进攻鄂豫皖湘解放区，中央命令立即突围。我军无奈只好兵分三路进行突围。师直单位随北路军出发，由宣化，经随县、枣阳到镇平一线。29日突破国民党平汉铁路包围圈。在党中央毛主席的英明决策下，经过将士们浴血奋战，又经唐河县仓台以南交成区，过丹江口，紫荆关，同年7月冲破敌人的围追堵截，终于胜利突破重围，转败为胜。

突围后又回到红石崖驻扎休整。根据上级指示，部队由红石崖转战到陕西商南县。这时因王永奎身体欠佳，胃病、肺病复发，被调到陕北游击队。1947年，上级命他们一行9人回原单位。8月，他们在河北广宗、宁定、内丘与刘邓大军的四纵队会合，并随其南下，历时48天，渡黄河，挺进大别山。此时，王永奎被编入四纵四十三旅，参加了邯郸战役、平津战役，逼国民党四个旅起义、九个旅投降。后经罗山、光山、到大坞时又碰上原部队向北转移，到了随县东北草店又遇桐柏军区独立团（司令员王国华），王永奎又加入王国华部（此时他已患胃病、肺结核，身体虚弱），被分配到遂平二区区中队任通信员。

1949年元月，王永奎被调到五区诸市，在区中队任班长。

1950年4月，王永奎去信阳步校学习。同年7月被调到湖南二十一兵团五十二军二一四师六四一团一营二连。10月兵团整编后去广西剿匪并进行土地革命，此时王永奎立功获奖一次。当时因生活条件艰苦，胃病、结核病再次复发，在广西住院三个月，出院后回到师通信连任守机排排长。后又到荆江分洪海南岛修筑工事，在此立功一次。

1951 年 8 月赴朝参战，在朝鲜第二次战役中，由于长期战斗在冰天雪地，手脚被冻烂，多种疾病恶性复发，背部又不幸负伤，于同年 12 月被转送回国治疗，住进武汉市志愿军 66 预备医院。1952 年 3 月转洛阳 64 医院治疗，住西贡区 12 营房。9 月底部队动员其退伍。王永奎于同年 10 月光荣退伍还乡。复员时为正排级干部。退伍时部队发给生产资助金每人每月 16 斤小麦（此待遇只享受 8 个月，共计小麦 128 斤），还有医疗费 20 元、两个月生活费 25 元。

在他的军旅生涯中经历了震惊中外的“中原突围”，土地革命、抗美援朝，历经数百次战斗。北到太原，南到海南岛，东到朝鲜，战功累累。但他退伍回家乡后，从不居功自傲，而是默默无闻地战斗在农业第一线，他任生产队长多年，大公无私，光明正大，两袖清风，始终保持着军人风格和革命本色，深受群众好评。现在他已年老体弱，不能劳动，可又成了义务宣传员。他家住在路边，每天家里像俱乐部一样，不论男女老少都爱听他讲述革命战争年代革命老前辈新四军在红石崖可歌可泣的动人故事。

2001 年王永奎的孙子王龙飞应征入伍时，他再三嘱咐：“一定要认真学习军事技术，服从领导、听指挥，做一个合格的人民战士。”在农村电网改造时，村里经济紧缺，在紧要关头，王永奎从自己的积蓄中拿出三千多元，解了燃眉之急。

近些年，他为红石崖风景区开发提出很多建设性意见，有不少已被采纳。他像一棵无名的小草显示着无穷的生命力。

第六节　红石崖山中无名草——于甫

一位诗人说过：“有的人活着，他已经死了。有的人死了，他还活着。”题目中提到的红石崖山中的无名草，就是第二种人，他叫于甫。

作为默默无闻、埋头苦干、脚踏实地、两袖清风的革命老战士，于甫曾任红石崖村50年代的大队党支部书记。他虽已故去多年，可凡知道他的人无不翘起大拇指说：“人家真是大好人。”

于甫，1920年出生在遂平县槐树乡坡于庄村一个贫苦农民家里，5岁丧父，只有母亲与他和两个更小的妹妹相依为命，因生计所迫母亲带着三个孩子改嫁到嵖岈山镇红石崖村孙缸窑村民组孙竹匠家。勤劳的孙竹匠，农忙时干农活，农闲时，凭着自身精湛竹编技术，编些筐、篮、篓和其他竹编工艺品来换些钱补贴家用，母亲在家纺花织布，料理家务，日子还算过得去。可房漏偏于连阴雨，后爹又患病医治无效离开人世。母子三人再一次陷入痛苦生活之中。1938年国民党第九路军途径这里，于甫被强行抓走，编入三五九旅一营三团四连二排成为一名国军战士。1939年春，在一次与日军激烈作战中与部队失散，无奈由宝丰逃回家中。在家停留不到一个月又被抓住编入张轸部队。1940年初冬的一天晚上，大雪纷飞，狂风怒吼，接上级命令晚上十点前必须拿下设在湖北大悟一个山头上的日军碉堡。在班长许跃富带领下，趁敌人不备，三十多名战士一拥而上，犹如猛虎扑向敌人的碉堡，像瓮中捉鳖一样，将12名酣睡中的日本鬼子，在没动一枪一弹，没有惊动居民的情况下，结束了一场战斗，缴获机枪一挺，步枪数支，子弹数十箱。

1947年，张轸带领全体将士弃暗投明，编入林彪部队，南下海口开展土地革命。1950年赴朝鲜参战，在上甘岭战役中，因敌人严密封锁，在冰天雪地里度过了七天七夜，坚守战斗岗位，水米没打牙，于甫从而落下严重风湿类风湿性关节炎和气管炎，并在火线光荣加入中国共产党。1953年朝鲜战争胜利，复员返乡。

他在长期军旅生涯中多次荣立战功，受到上级嘉奖。

1951 年以后，翻身农民分得了土地、牲畜、农具等生产劳动工具。为发展生产，自发组织起互助组，随之是初级、高级农业合作社和人民公社。淳朴、憨厚、忠诚可靠的于甫被选为互助组长、初级社长、高级社长、大队党支部书记。任职期间，他清正廉洁，大公无私，脚踏实地，务实肯干，人人敬仰。在修建信阳南湾水库时，他带领民工亲自上阵，当时没有机械，清理坝基、运土，全部用人工。严冬腊月，寒风刺骨，他不顾个人体弱多病，身先士卒，跳到没膝深的流水里挥锹挖泥，在他的带动下，提前完成所包任务。由于积劳成疾，旧病复发，再也未能治愈。这位一直都坚强不屈的中年汉子，就这样带病离开人世。他的一生是光辉的一生，他的灵魂像一株小草生生不息——乡亲们至今觉得：于甫，这棵小草一直生长在滋养过他的这片土地上；他的优良品质、可贵精神永远活在人们的心里。

第七节　“三军”会师在土山

七七事变后我党先后派魏致夫、马致远（刘子厚）、范文澜等一批共产党员到嵖岈山从事抗日宣传活动，成立了遂平抗日四中队，后为抗日支队，新四军遂平独立兵团，以嵖岈山地区为根据地开展抗日武装斗争。

1944 年底，黄霖率新四军豫南挺进兵团直抵嵖岈山红石崖，后到李兴楼、沟刘、梨园沟（西平酒店），横扫日伪武装，屡屡得胜，新四军五师师长李先念、十三旅旅长周志坚，都率部队到达，帮助开辟抗日根据地。1945 年 8 月，根据中央指示，陈先瑞率领河南军区三支队，王定烈、皮定均率冀鲁豫军区八团先后到达嵖岈山地区土山与新四军挺进兵团会师，在这里建立豫中地委、专员公署和军分区。栗在山任地委书记，欧阳景荣任专员，陈先瑞任司令员，下辖西平、舞阳、叶县、郾城等县抗日民主政权。据不完全统计，我军与日伪顽作战近百次，消灭敌人 6000 余人，争取 8000 多名伪顽部队起义，发展抗日主力 8000 多人，地方武装近万人。

1945 年 8 月陈先瑞、王定烈部与李先念在土山会师。

第八节　我家也住有伤病员

我自己就是革命老区红石崖孙缸窑村人。今年（2014 年）已过古稀，七十有四。回忆起 1944 年发生在我们红石崖山区那些抗战的事，至今都还有些懵懵懂懂的印象。

记得在我五六岁那年（1944 年），俺红石崖山区是个抗日的根据地，新四军战地医院就驻扎在红石崖。说起来是军队医院，实际上伤病员都分散住在群众家，可以说，当时家家都住有伤病员，我们家就住了十一位。

为了让伤病员住得好，我们家的厨房还有饲养室，都在外边搭建了临时工棚，把房腾给伤病员住。我记得看护员（当时护士叫看护员）每天都按时到各家各户给伤病员查看病情、送药、包扎，他们都认真负责。有一次，在我们家住的一位重彩号（伤病员称“彩号”）呻吟着喊：“看护员！”我母亲在家听到之后，急忙跑过去安慰，直到看护员来到为止。有时，未到饭时，一些伤病员饿了，我母亲给他们打鸡蛋茶端过去。俺家北屋存放有红薯，伤病员看到想吃，又不好意思开口，我母亲看在眼里，记在心里，赶忙生火烤，然后将烤好的香甜可口的红薯送给伤病员吃。当时，医疗条件差，药物非常贫乏，我父亲就上山采集中草药，用民间单方帮助治疗伤病员（比如用五枝水给伤病员擦洗伤口，也起到很好的消炎作用），很受医护人员和伤病员的欢迎。

当时我虽然年少不懂事，但因为与医护人员、伤病人员接触得多了，有一种一家人的感觉。新四军医院首长到我们家看望伤病员时，看到我总是亲昵得很，常常将我抱起来，亲了又亲。我还跟着他们学会了一些歌曲，现在我还能哼上几句当时学会的歌：“新四军好快活，官兵平等吃穿一样多。”“军爱民，民拥军，军民情义心连心。”

第七章　女娲故事

第一节　抟土造人

原先，普天下没有生物，四野空旷，到处是沼泽、杂草，显得非常寂寞。一天女娲走出姨娘子城（即风山寨），来到圆龙山南端的黑龙潭旁边，澄清的潭水将女娲其身及容貌照得很清晰，女娲笑，水中的影子笑，女娲装作发怒，水中的影子也怒；女娲走动，水中影子走动，完全一模一样……女娲灵机一动，便想何不造出如自己的人来呢？想着，走着来到凤凰山顶端（歪尖山最高处），突然狂风大作，天降猛雨，将女娲顺山坡刮到山下。从此该坡北高南凹，形成向阳坡，约万亩之余，群众叫大阳坡。这时女娲因两手着地，沾满了黄泥。她随将黄泥抟成泥人，丢在身旁的石头上。说来非常神奇，泥人便跳动着活跃起来。女娲很喜爱，称起“人”来。

随后女娲便不停地用黄泥捏起泥人来，累了便倒在“女娲洞”中休息片刻，起来后继续捏。为使大地布满人类，她去到“风山寨”石崖上拉下一根古藤，伸到泥坑内粘上泥块，向四周挥洒，结果泥块落地成人。这时，一阵怪风刮来，将泥人刮到“黄脸场”

村前一所草棚房前，天降雨了，女娲慌忙用古藤往房内移扫，结果有些泥人碰成伤残，造成聋、哑、瞎、瘸，给世上带来残缺不全的人。

以后，女娲想到：人总会死亡，如果死一批再造一批太麻烦了，便把男女配成双，让他们自己繁殖后代，担负养育后代的责任。从此，人类不断地繁衍下来，使人类发展至今。并且，女娲又把人分到南蛮、北狄、东夷、西胡去谋生，继而发展到世界各地都有人类。

由于人都是用泥捏的，所以到现在人身上的灰尘总是洗不干净，如同泥人。

第三节　兄妹成亲

滚磨成亲说的是大洪水之后，伏羲和女娲兄妹成亲的故事。

相传，很久很久以前的一天晚上，兄妹二人正在草棚前乘凉，从天上的东南方向徐徐飘来一朵白云，只见金光闪闪，越来越近，渐渐看清上面站着一位身穿长袍、头戴红缨帽的大将军，兄妹二人吓得战战兢兢，蹲到地上不敢抬头，惊恐之间听来人说："我乃石狮，被玉皇大帝召回后，在天庭诉说你兄妹之事，玉帝非常高兴，使我再次下凡帮你兄妹成婚，重创人类，主宰世上万物。"

伏羲、女娲听后生气地说："让我们兄妹成亲，断难从命！"

石狮子说："天地之间只有你兄妹二人，孤阴不生，孤阳不长，阴阳相配，子孙满堂。我看你兄妹还是遵旨成婚吧。"说罢，石狮子上天复命去了。

第二天一早，狮神手托两扇石磨，来到嵖岈山顶按落云头，对伏羲、女娲兄妹说："玉帝命我把石磨交给你们兄妹二人各一扇，你们分别站在山顶听我招呼一齐放手，把石磨滚往山下，一直滚到山下的中心，两扇磨盘若合在一起，你们就成亲，若合不在一起，任由你们。”伏羲、女娲心想，两扇磨盘相距甚远，滚下去要经过很多沟坎，想使两扇磨合在一起很难，就勉强同意了。

中午，伏羲、女娲兄妹各托一扇磨，分别站在南北两个山顶，石狮子在山下高声喊道：“放！”女娲兄妹一齐放手，两扇磨顺着山沟向下滚，一直滚到嵖岈山脚下一处湖畔，“咣当”一声，两扇磨正好合到一块，这时伏羲、女娲兄妹知道这是天意，也就只好同意成亲了。现在，嵖岈山北侧有一处天磨山，就是他们兄妹成亲的见证，天磨山下一个大湖，后人为了纪念这一“兄妹成亲”的神奇故事，也命名为“天磨湖”。

第三节　炼石补天

女娲同伏羲成婚后，人越来越多。便常领人们与大自然作斗争，炼石补天最为神奇。所以，深受人们爱戴。

一天，女娲和人们正在一起狩猎，发现几个小山在作怪，因争高低把天体顶破，造成洪水暴发，将人冲走大半。女娲大怒，很快爬上一座山头，举起手中大棍，使劲将长得最高最快的那座山拦腰打去，只听一声巨响，将山的上半截打到百余里以外落在地上，人称“落山”，就是现今确山县境内的“乐山”。剩下的半截，山头平平，面积约四十余亩，就是现在的“平头朵”，山峰也有人称“平磨朵”。因女娲用力过猛，把脚下的那座山头蹬歪了，至今人叫“歪尖山”（遂平八景中称为堧崍山）。

惹祸的元凶被惩治了，但天上的窟窿依然在不停地向下流水，淹没人类和大地。女娲心中焦急万分。这时，来了一个白色神鳖给女娲出主意，让她炼五彩石补天，并献出自己的鳖壳。利用山高顶阔石头多的有利条件，终于炼出一万块彩石，用去九千九百九十九块把天补上了。因石是五色的，从此，天上呈现出五彩斑斓的云和彩虹。而炼石补天的地方——红石崖的石头，都烧成红色了，历经沧桑岁月永没褪色。满山红石全国不多，实为罕见，有它的历史渊源。

第四节　女娲，人生之祖

女娲与伏羲成婚之后，连续生育两胎，都是“肉蛋”。伏羲很生气，又不得其解，就将头胎埋在了红石崖歇子沟（村名）里。二胎生下后，一怒之下用砍柴刀劈开，谁知道从里面竟然蹦出一百个男孩，非常可爱。他由此猛然想起埋在歇子沟里的头胎“肉蛋”，慌忙跑过去挖出来，一打开，里边就蹦出一百个女孩。女孩因一年没吃食物、身躯小、面色白嫩，但因其是先生的，故称她为姐，至今仍有“小姐”之称；而二胎的男孩身强力壮、肌肉丰满，故称为“壮汉”。

为了让他（她）们都很好谋生，各成一家。伏羲和女娲商量，由父拉男、母拉女，使他们相配为一家。所以，人们婚姻大事有“父母之命”之说，夫妻又称同胞兄妹。后来，唐·李冗《独异志》介绍：汉代石刻画像和砖雕画像中，常有人首蛇身的图案，腰以上是人形，戴冠帽，穿袍子，腰下则龙、蛇躯体，两条尾巴始终紧密地萦绕在一起。有的男手拿曲尺，女手执圆规；或男手托太阳，女手托月亮，在云雾中翩翩起舞，尾部交织在一起，始终不分离，非常亲密，就是从古沿袭下来的夫妻形体。还有女娲同其兄结亲时，为遮羞取草为扇，以障其面，到现在新娘出嫁时盖红盖头，也由来于此。

女娲还是婚介之神和送子之神，红石崖一带建有许多娘娘庙堂，民间流传抢娃娃和还娃娃的风俗，也由来于女娲娘娘。

第五节　扎“扫天娘娘”

女娲很辛苦的将天上的窟窿补住以后，但每年的春秋季节，连续降雨数日，造成遍地积水，汪洋一片，使农作物减收。所以，从古至今人们有祈晴求雯的风俗。在多天雨降不停时，各家各户自己动手，用秫秸秆扎成人型的娘娘，挂在屋檐下，口中连念道：“一扫雨，二扫云，三扫日出似金盆，五谷丰登为万民。”或说，“勺子勺子挖挖天，云彩跑到西南山；西南山，下大雨，咱这还是好晴天。”等。

说来也真神，各家各户经过共同祈求，雨会渐渐停了下来，露出火红的太阳，避开了一场灾难，人们心中非常喜悦。

第六节　女娲，人间仙佛

女娲，功德圆满涅槃升天之后，她的神灵仍显现人间，人们信仰她，供奉她，为她建庙堂，经常跪拜上香，有事求她帮助解决。过去，红石崖村西头，有座红佛寺，内敬奉一尊石佛像，相传是女娲的化身。那时，有一贫家男孩，父母双亡，从小给财主家放牛为生。一天把牛赶到牛角湾草地上，他躺在寺外的石头上面，口中不停地说道：“红佛呀，红佛！人都说你爱帮人解困，能否让我有吃、有喝、有住，能娶个老婆，过上好日子，我给你盖所新庙堂……”说罢他睡着了。红佛念他从小家贫如洗，托梦于他，答应帮他解决一生中的困苦，并让他回家等着……不到两年，家中要啥有啥；盖起新房，粮食满圈，并置买一些庄田，娶了妻室，过上好日子。但他把建庙堂的事忘得一干二净。一天，红佛本想提醒他建庙堂一事，给他托梦问道：“你还缺什么？”他答：“门前缺少一盘碾。”佛说：“明天你在村头等着，见一重物前移时，你说：‘轻浅轻浅真轻浅。’碾可送到家门前。”可此人不忠诚，不讲信用，见到一个大碾盘快到村头时，他想今后把我家财产再弄走咋办？他没照佛的安排讲，反说："那么重的物体咋不把您压死！"话音刚落，只听一声巨响，碾盘落地，从碾盘眼中窜出一个怪物，嗷叫一声不见了。从此，他的家况败退，粮食成了糠，落个人间笑谈。

红石崖一带的人们，向来忠厚老实，以诚待人，很守信用，常用"吐的吐沫不能再舔起来"教育他人，人生在世要多做善事、好事，对得起天地良心，才不亏人生。

第七节　虎头帽与虎头娃

女娲和伏羲婚后，生有九子一女，女取名"宓"（读作秘，安宁的意思），是她的掌上明珠，非常疼爱。宓婚后生了孩子，女娲更为欢喜，亲手做了帽子和衣服贺喜，并在上面画上风姓的图案，送上红树叶，警告那些毒蛇猛兽不许伤害她的外孙，以庇佑孩子健康成长。所以，帽叫"风帽"，上面画一虎头，称虎头帽，穿在身上的衣服叫"披风"。鞋子上画一虎头，称虎头鞋。一般穿戴到五六岁时才能换样。一为纪念女娲娘娘，二为求女娲娘娘保佑平安。正如民谣说："不刮风，戴风帽，娃娃结实娘娘笑。""穿披风，戴风帽，小子俊，闺女俏。"这个风俗世代相传，在遂平县西部山区至今如此。

第八节　"响器"的来历

相传，远古时期，女娲部落在遂平西部山区的红石崖住了很长时间，日子虽好，人们总是想家，咋办呢？可难坏了女娲，她费尽心思，开始修了一座"望花台"，让她的族人们常去望花台上观花散心，解决心中郁闷。可是，大伙看了花，还是照样想家。

女娲看这个办法不中，将望花台改成了“望乡台”，谁知，大伙在望乡台上看到了家乡，越发想家了。女娲看到这种情形，急得团团转。后来，她让手下一个叫“呜”的人帮助想办法。呜是个聪明人，他在山上剥下一块树皮，做成能吹的口哨，放在嘴里吹，吹出了“哇——哇——”的声音，叫大家听，以此取乐，也引起了大伙的一阵欢喜。呜看到这个办法中，就找了一根有空心的树枝，扎了几个眼，于是，又吹出了“呜哇——呜哇——”的音乐声，大伙经常听到这有趣的音乐，都高很开心。天天听，听多了谁也不想家了。后来，这“呜哇——呜哇——”的东西，越改进越好，越受大伙喜爱。大家把这种“呜哇——呜哇——”的乐器，习惯叫成了“响器”。如今，遂平县有几十个活跃在城乡的响器班，据说就是女娲那个时代传下来的。

第九节　红石崖里出娘娘

提起红石崖，那可是个很有来头的地方。

很早很早以前，天底下还没有人，到处都是巨蛇猛兽，大树参天。稀奇的是红石崖这地方长着五彩石，黑夜白天都闪闪发光，老远老远就能望见它。

有一天，从外边来了个女人，她相中了这块地方。就住在红石崖西边的凤山上，一个外小里大的山洞里。对自己乘坐的凤凰说：“你看那长着五彩石壁上，黑了白哩都放光，这是一块宝地，咱不走啦，就住这儿。”凤凰天天出外找吃的，这个女的天天收拾洞里洞外。日子久了，就觉得太孤单，闲着没事儿，就用黄土和泥巴照着自己的样子捏人，捏一个吹上一口气，摆在地上。结果，凡腿叉里落上泥蛋的成了男人；不小心指甲划上口子的就成了女人；没落泥蛋没划上口子的就成了不男不女的阴阳人。不分黑了白哩，她就告诉大家，那狮子山象山处是第一道关口，那半片山是第二道关口，这最近的擂鼓台与牛角湾处是第三道关口，是男是女的搭配看去把守三道关口，一定要守好，不能叫巨蛇猛兽进来。不男不女的留下来，在洞上边，用石块垒墙，一定要垒结实。说罢，大伙应答而去，各干各的差使。

好景不长。突然间，天空响了一声炸雷，天上黑云滚滚，大雨倾泻，天暗得伸手不见五指，就连红石崖上五彩石也不发光了。紧接着，又是一连串的炸响和一道闪光之后，天噼里啪啦地蹋了一个大窟窿。雨停了，天更黑了，这女的心里明白，天塌了，非用炼出的五彩石补住不可。于是，她领大伙在红石崖下燃起了熊熊大火。烧哇，烧哇，一直把五彩石都烧化了，顺着石崖往下淌。她手捧五彩石，坐上凤凰飞上天空去补天。补哇，补哇，不知往返多少趟，天上的窟窿终于给补上了，天又亮起来了，大伙齐声高呼：“女娲，女娲，功劳大，天蹋能补有办法。”从此，女娲的名字，就这样被人们叫起来了。人们又发现红石崖的五彩石全没有了，剩下的全是血红血红的石崖。

由于女娲造人补天功劳大，人也越来越多，此地住不下，就往外拓展，方圆千里，又在凤山顶上垒城立邑。大伙都拥戴她，又当娘娘又当女皇，方圆千里都来朝拜她，所以，人们都管女娲称娘娘，以至于到现在，红石崖这地方，仍然流传着一句谚语：“南山狮子北山象，红石崖里出娘娘。”

第十节 女娲与千风寺

据老辈人讲，从红石崖往里山去有个很不容易被发现的沟湾里，有座庙名叫千风寺。这座庙在远古的时候，就已经很有名气。这是咋回事呢？

很早很早以前，西山里还没有人烟。有一天，天空中飞来一只凤凰，身上骑着一个女的，飞来飞去，在不停地“女娲，女娲”地叫。下边有一群人，看凤凰飞到哪里，人们就跟到哪里。她们先是落脚在歇子沟的凤山上。因为山顶有个洞，这群人就住在那里。因为凤凰常是“女娲，女娲”地叫，人们把骑凤凰的女人称女娲。

女娲整天不闲着，骑着凤凰顺着凤山往南，路过龙山，又往西南转，一直转到母祖峡，又折回，发现了天井瀑布前的那个沟湾处，是个四面风景如画，又不容易被人发现的好地方，她马上领人前往，各干一宗活，很快盖起了住房和庙堂。庙堂居中，供奉日头（太阳）为神明。因为女娲领的这群人整整一千人，而且还都是姓凤的，当时就给庙堂起了个千凤寺的名字。

后来，因为女娲能用黄泥造人，又用五彩石补天，功劳很大，天下人选她当皇帝，所以天下人都来这里拜庙。

（讲述人：鲍庄贾才甫　记录人：梁永祥）

第八章　历史故事

第一节　红石崖山上映山红

在遂平县嵖岈山镇红石崖，到处生长着鲜艳夺目的映山红，其学名杜鹃，属灌木类。多生长在悬崖峭壁上，每年农历三月份开花，红、白色较多，也有少量紫色，在野外花系中它最先开放。在初春太阳光的照耀下，灿烂无比，十分惹人喜爱。这么漂亮的花，为什么生长在高高悬崖上呢？这里还有一段古老的传说……

相传，在很早以前，映山红生长在宫廷花园里为宫花。由于它太艳丽了，就引起其他花的嫉妒。于是，其他花卉便纷纷到皇上面前说映山红的坏话。一次，两次，说多了，终于惹怒了皇上，就把它驱逐出御花园。

映山红一气之下，就离开皇宫，飞到那高山荒野悬崖上安家落户，一部分飞到红石崖峭壁上生长，繁衍生息，在那艰苦的环境中度过了一代又一代，但它毫不示弱，每年初春，它依旧显示其傲视群芳的才华和美丽。

我国改革开放以来，花工们不顾艰辛，又把它从悬崖上请了回来，并对其精心培育和科学改良，使其枝繁叶茂，花团更加硕大，成为人们装点厅室、美化环境的主要花卉品种。

第二节 红石崖山中的苦嗷鸟

东临汝河观鱼跃，西靠嵖岈闻鸟鸣。

鸟的叫声，就是它们发自内心的语言。它们的语言中蕴藏着许多耐人寻味的故事。

在红石崖山中，每到春播夏收之季，这山里面有一种鸟，体型不大，与吃杯茶鸟大小差不多，尾巴较短，羽毛灰色，但嗓子很亮，整天不停地嚎叫："苦嗷，苦嗷，娘炒麻籽谁知道！"这叫声，总给人们有一种悽惨哀伤、孤独的感觉。它不分白天黑夜不停地叫，一会儿在东边叫，一会儿又飞到西边叫，一会儿落到树上叫，还没站稳脚跟，便又叫着飞走了。尤其在天气将要刮风或要下雨之前，它叫得更加急促。人们还从它的叫声中总结出"湿湿虫，叫三声，不是下雨便刮风"的气象谚语，十分准确。那么，这鸟为啥不停地惨叫、哀嚎呢？这里有一段动人的传说。

相传，古时候遂平县红石崖山区里有户人家，一家三口。老两口身边有一个儿子。当儿子八九岁时，其母亲不幸病逝，撇下老汉和孩子二人相依为命。当时，他家是小芝麻油户（意思是家庭比较富裕），自然前来给老汉求亲的人不少。后来，经人介绍有一孤儿寡母和他组成了新的家庭。老汉的儿子比女方带来的儿子小一岁，叫保忠，称弟；女方的儿子叫七楚，称哥。他们兄弟俩相处得很好。老太婆刚去到他家时还可以，但日子长了，老太婆慢慢开始讨厌男方的孩子保忠。事事处处想方设法难为他。又过两年，老汉不幸病故，只剩母子三人。

冬去春来，又迎来新的一年。常言说："过罢三月三，萎瓜葫芦土里钻。"又该春播了，老太婆为独霸家业而心生毒计，想害死保忠，用啥办法呢？为了不使外人怀疑，经过苦思冥想，想出一个毒汁来，老太婆叫他们到西大山里种麻，让他们带两份麻种，一份生麻种让七楚去种，一份是炒熟的麻种让保忠去种，各种一块地，老太婆对两个儿子说："咱腊肉汤子下挂面——油盐(有言)在先，看谁种的麻出苗，谁回来；谁种的麻不出苗，永远也别再回来，你们俩听见了没有？"弟兄俩齐声回答："听见了"。

且说他们兄弟俩于第二天准备好干粮和所需物品，各自带着母亲发给的麻种进山了。兄弟俩走着说着，说着走着，七楚忽然闻到一股扑鼻的香味，他越发奇怪，趁弟不备挨近保忠的麻籽，仔细闻了闻，果然是从弟弟的麻籽里散发出来的味道。他心想，母亲好偏心。他执意要与保忠调换麻种，而保忠怕继母知道不依，不敢调换，而七楚非要换不可。俗话说：要要好，大让小。经过再三纠缠，保忠终于把自己的麻种给了七楚。

兄弟俩不觉来到目的地，各自整好自己的地，又把各自的种子下入地里，守候在地边等待。到了第五天，保忠种的出了苗，匀匀的一地，而七楚种的一颗也没出。又等一天，两天，三天，五天过去了，十天半月过去了，七楚种的麻还是没出苗。原来，七楚种的是调换的炒熟麻籽，虽然香喷喷的，但它啥时候也不可能出来的。七楚在地里等啊等，一直在那死等，而保忠返回了家。

七楚的娘看到保忠回来而自己的亲儿子没回来，就意识到他们调换了麻种。因为事先说定的，谁的麻出苗谁回家，不出到死也不能再回家，老太婆后悔当初没给亲儿子交代清楚。自知理亏，

注：苦嗷鸟——实为苦恶鸟，古人称其为"姑恶"又名："苦鸟"。北方人称其为苦哇鸟，也称苦娃子。它是秧鸡的一种。广东人称为"水鸡"。是中国民间传说最多的野鸟之一。它的名字叫来叫去总离不了"苦"字，这就与一些民间传说有关。

只得哑巴吃黄连——有苦也难言，恼羞成怒，一气之下暴病而亡。而七楚连饿带气也含恨死去，死后他的冤魂变成一只鸟，没明没夜地惨叫着："苦嗷，苦嗷，娘炒麻子谁知道！"这就是人们常说的害人如害己，害不着人家害自己。

第三节　禅云寺

禅云寺遗址，位于遂平县嵖岈山镇政府北油娄山东端山下，距嵖岈山乡政府两公里，现遂平境内张（台）槐（树）公路于该遗址中间穿过。

相传，很古很古的时候，一只大蝉从天空祥云中降落在这里，从此，这里地形慢慢形成了一个大土包子，比周围地形高出丈余，此地土山村名由此而得。后来佛教盛行，一位僧人云游到此，慧眼洞察，认为是一块风水宝地。心想，如果在此建一座寺院，必能造福方圆百姓。于是，他经过几番周折，上表朝廷批准，又由多方协助募集，一座规模宏大的寺院很快落成，取名"蝉"云寺，后演义为"禅云寺"。该寺院面积很大，约30平方公里，东至嵖岈山镇乔庄，西至槐树乡的胜桥，南至嵖岈山镇的下宋，北至槐树乡的高庙。油娄山至嵖岈山乡的土山村一带为庙宇中心。现庙宇宫殿遗址尚存，清晰可见。

据传那时的蝉云寺，古柏参天，青翠挺拔，建筑恢宏，庄严肃穆，巍巍壮观。院内有玉皇宝殿、大雄宝殿、三圣宝殿、观音宝殿，左右两侧分别有诵经阁、藏经阁、莲花池、放生池等各殿楼阁供奉着天地全神，非常灵验，共有僧侣数千人。终年周围几百里，甚至上千里的善男信女，于农历每月初一、十五络绎不绝，前来参拜，整日烟雾缭绕，香火不断，盛况空前。

寺院北面有条河叫昭河（后更名为山照河），历来为兵家战略要地。在中原广为流传的楚国大将伍子胥保娘娘（楚太子建娶的马丫鬟）途经此处时，因河床高达数米，水深流急，后面有众兵追赶，又没渡船，在危急关头，上天保佑渡过难关，后人为颂扬伍子胥的功德，把这一故事编了一部戏叫《过昭关》。伍子胥过昭关以后，躲进寺院，众军士为捉拿伍子胥，四面放火烧毁寺院，这时马娘娘为减轻负担，保住太子，便把太子交给伍子胥，自己投井自尽。

伍子胥骑着战马抱着太子，奋勇拼杀冲出寺院，投奔吴国(今嵖岈山风景区北一公里的店坊街，当时为吴国都城)。寺院内共有 72 眼井，其中一眼井就是马娘娘的殉难处，具体是哪一眼，众多考古专家勘测考察，尚未得出结论，至今仍是个谜。可在此区域内发现的古墓葬40多座，古井一眼，陶灶、壶罐、动兽规矩镜、宝剑、子母砖、石斧、石镰、石锤、护心镜、各种陶片等重要文物数百件(县文物管理所有收藏)。脍炙人口的古装历史剧《过昭关》，又名《楚宫恨》《伍子胥保娘娘》《金顶轿换银顶轿》就发源于禅云寺一带，而庞大的寺院被大火烧为灰烬，成了一片废墟。因火神保佑，伍子胥携太子冲出火海，安然无恙投奔吴国，后在伍子胥的精心呵护下，太子长大成人，回到楚国坐了王位，这一事件感人至深。

到了唐代，人们为追念火神救伍子胥的功德，地方官府、绅士、佛道信徒又捐资在油娄山前重新修复一座庙，叫火神庙。庙内供奉着火神爷，此庙在“文革”中破除迷信时被拆除。

这一重大历史事件虽已过去两千五百多年，但这惊心动魄的历史故事，却仍然世代相传。1978 年秋，河南省桐柏县豫剧团，在嵖岈山影剧院连续演出《伍子胥保娘娘》七天七夜，观众场场爆满。如今不论平民百姓、僧、道，还是善男信女，远近香客，都很怀念向往这个地方。

遂平县人民政府根据上级精神和人们的意愿，为弘扬民族历史文化，于1982年定为县级重点文物保护单位，并竖碑铭志，作为标记。

第四节 《楚宫恨》

脍炙人口的历史剧《楚宫恨》，别名《伍子胥兵困禅云寺》《伍子胥保娘娘》《金顶轿换银顶轿》发源于驻马店市遂平县嵖岈山风景店房(春秋战国时，吴国都城)自然村与嵖岈山镇土山村西1公里油娄山脚下禅云寺，该剧情节曲折，感情动人，因此久演不衰。1978年秋，河南省桐柏县豫剧团在嵖岈山礼堂连续演七天七夜，场场爆满，观众久看不厌。

故事主要反映吴国和楚国两国非常友好。吴国的公主吴香女订给楚国小王为妻，吴香女的贴身人马丫鬟定给楚国老王为妾。完婚之日，楚国老王派贴身大相费无忌(奸臣)前去迎亲，人马轿夫抬着吴香女和马丫鬟来到狮子山口的石羊河时，因这里河深面阔，水流湍急，又是土匪经常出没的地方，虽然很不安全，但又是必经之路。这时，费无忌为了公主吴香女的安全，让金顶轿与银顶轿对换。过了狮子口(山中间的豁口)以后，天突降大雨，道路泥泞，行走非常困难，也没来得及换轿子，就这样天黑之后迎亲队伍才回到楚国皇宫，因回来过晚，老王把费无忌怒骂一顿，费无忌非常懊恼，一向奸诈的费无忌心一横："让你们错配鸳鸯去吧！"就这样，吴香女这顶轿抬给了老王，马丫鬟的轿子抬给了小王。从古至今，狮子山南北两地娶亲的花轿、花车宁可东绕10多里的周楼，再也不从这里路过。

第二年，马丫鬟生下一子。数月后，小王和吴香女在后花园相遇，道出了错配鸳鸯的实情，小王恼羞成怒，发生了一场父子争斗，上演了震惊中州的悲壮故事。老王一路杀到禅云寺，把小王、马娘娘、伍子胥(忠臣)困在寺内，小王当时就战死在沙场，伍子胥单枪匹马带着马娘娘和小王的幼子骑着马向外突围，由于三人骑在一匹马上，行动不便，杀到上山西边一口井旁，马娘娘把自己的幼子托付给伍子胥，自己投井自尽。伍子胥带着幼子杀出重围，逃到吴国。在吴国，小王的幼子在伍子胥的精心呵护下，长大成人，辅助幼子杀回楚国登上王位。小王后来听信谗言：你母亲与伍子胥在战争中有染。小王不分青红皂白，盛怒之下，又把恩人伍子胥五马分尸，惨遭杀害。这一个曲折且令人感慨不已的故事，流传至今。

第五节　伍子胥兵困禅云寺

春秋时期，费无忌事楚，上欺君主，下压众卿，独霸朝纲。楚太子看在眼里，气在心上，几次想除费贼，都被忠奸不分的父王拦住。为此，费无忌对太子更加记恨。

吴、楚联姻，费无忌心怀叵测，把吴国陪送的马丫环装进金顶轿配与楚国太子，而把吴国公主吴香女献给了楚王。

次年，马丫鬟生了贵子。一日，太子在后宫游玩，偶遇吴香女哭诉此事，太子大怒，上殿告诉父王，但费贼油嘴滑舌，在楚王面前强词夺理，使得昏庸的楚王一怒之下，杀了太子，又要杀马娘娘及其幼子。

费无忌陷害太子，引起文武群臣不满。但都惧怕费贼势大心狠手毒，敢怒不敢言。只有文武出众的伍子胥据理力争。费贼又要加害伍子胥，令兵马围往后宫，伍子胥带着马娘娘及小太子，策马扬鞭，直冲出去，向北而逃，费贼派心腹大将边庄、边垒紧紧追赶，定要斩杀他们。

伍子胥正行间，忽听“当啷啷”一阵锣响，伏兵四起，刀枪如林，拦住去路，为首两员大将高叫道：“我乃张龙、赵虎，奉命在此等候多时，休走！”说罢，双双挺枪直向伍子胥刺来，伍子胥举鞭迎战。

伍子胥怀揣小太子，身后要护马娘娘，虽然左右奋力冲杀，怎奈难出重围，急得他浑身冒汗。虚晃一鞭，卖个破绽，乘机逃去。张龙、赵虎紧追不放，伍子胥只得叫马娘娘先逃，自己挡住众兵，一场厮杀，敌尸如麻，缓缓退去，他不及追赶，失散了马娘娘，只好怀抱小太子向北奔走。

当时，在遂平县境内的土山东边，有一座寺院，叫禅云寺。伍子胥进入寺院，一是找马娘娘，二是想暂躲一时。一看，马娘娘果然在这里，急忙下马。把小太子交给她，正在这时，寺外喊杀声震天，伍子胥让马娘娘躲藏起来。自己提枪跃马出了寺门，一看又是张龙、赵虎叫阵，顿时气不打一处来：“尔等无名之辈，欺人太甚！”大喝一声，左手枪一抖，右手鞭一扬，直冲张龙、赵虎，只一回合，前面张龙中枪，后面赵虎中鞭。原来这伍子胥力大无比，武艺高强。这次不比带着马娘娘及小太子那阵，所以一举取胜。

伍子胥随即进入寺院，正要和马娘娘一起逃出，边庄、边垒率兵赶到。瞬间，把个寺院围得水泄不通，兵卒高叫：“不要放走马丫鬟，杀死小太子！”伍子胥有万夫不当之勇，杀死了张龙、赵虎。早令人心寒，面对着敞开的寺门，没人敢进，但见那三百名弓箭手在前对准寺门，只等伍子胥出来；三百名短刀在后，准备随时把伍子胥砍成肉泥，边庄、边垒一人使刀，一人使叉。气势汹汹，把守寺门两边。

寺院内，伍子胥看看马娘娘及小太子，又听听外面喊杀声，急得两眼冒火，马娘娘把怀中的小太子交给伍子胥，劝他快走。

伍子胥定要同马娘娘一起拼死逃生。两人正在争持，外面喊杀声一阵紧似一阵，马娘娘看到再拖下去，谁也脱不了身，就看准机会，一头栽进身旁井里。

伍子胥痛哭一阵，单手提过一扇碾盘，盖住井口，把小太子紧紧束在怀里，唤过寺内的沙弥和尚说：“你也帮不了我的大忙，就给我助助威吧！”沙弥和尚找来打鼓“咚咚咚”三通鼓击罢，伍子胥精神百倍，力量大增，飞身上马，直奔寺门，大喝一声：“贼子，拿命来！”真是山摇地动，神惊鬼惧，边庄、边垒听到这一声大喝，以为伍子胥冲了出来，死命地向下打去，谁知打得太急，边庄的刀正砍在边垒的叉上。伍子胥乘机冲出。那三百名弓箭手被这一声吓呆了，等回过神来。伍子胥早就冲到眼前，又是鞭打，又是枪挑，那真是挨着就死，碰着就亡。伍子胥的白袍白马早成了红色，怎奈寡不敌众，边庄、边垒上来围战，伍子胥只好回马相迎。此时，他战了又战，已是力不从心了。边庄、边垒力气正猛，伍子胥渐渐不支，虚晃一枪，抽身便走，边庄拍马紧追，看看将近，举刀就砍，只听“哎呀！”一声，边庄早中了伍子胥的回马鞭，头盔被打得粉碎，丢下战刀，回马便逃，兵士们见主将受伤败走，不敢恋战，四散鼠窜。边垒也不敢轻举交锋，夺路而走。

伍子胥急折回西南，投奔吴国，准备搬兵伐楚。

第六节　刘扁头起义

明朝末年，农民起义将领刘洪起，行侠仗义，打富济贫，除恶扬善，威名大震，不但在遂平、西平民间留有许多佳话，而且在嵖岈山区也流传有许多传奇故事。

刘洪起，字东桥，因长相是夹板脸，头大顶尖而扁，外号刘扁头。生于西平县云保庄，即出山镇南牛场村。幼年丧母，家境贫寒；父亲刘肇荃为养家糊口，走南闯北做个小买卖，是个流动商贩。为招引顾客，练就一些拳术刀法，遇到敌手，暴性大发，露上两手，一来保全自己，二来帮助周济朋友，因此，当地百姓都喜欢同他交往。

牛场村刘姓居多，亲门近族兄弟很有势力。如洪起、洪道、洪勋、洪礼等人丁兴旺，无人敢惹。洪起从小到四乡八保讨饭、做童工，随父外出做买卖。受父亲影响，喜爱耍枪弄棒，爬高越沟、习练武功，为后来揭竿而起，打富济贫、外出剿贼打下了良好的基础。据《西平县志》名人列传记载：曾被授过西平千总之职。在出山镇一带流传有民谣："家住西平在牛场，九女山上称大王，我乃刘扁不改姓，打富济贫义善扬。"由于他仇视富豪人家，一些土豪劣绅们谈起刘扁头来，无不心惊胆战，加倍提防。因此，在当地流传着"高点灯，多熬油，进房来了刘扁头"之说。

刘洪起从小孤苦伶仃，有一天讨饭来到遂平县横山店(今玉山镇)东望花园村，被富户王员外收为童工。他生性刚强，聪明，勤快，虽受了不少苦，但生活有了保障。人大心大，他长到十几岁时听人说李自成打到中原，打富济贫，很受感动，那时盗贼四起，加之天灾，民不聊生。他曾多次向王员外借银外出学武，却遭到王的拒绝。因王员外不肯借给，他就偷拿他家钱财。有一次，正当他偷东西时，被王发现后，不仅遭到毒打，还被捆绑着双手，拴到马车尾巴上往县衙送。说来也巧，当行至横山东上凉寺时，恰好遇上西平县仪封镇上的大财主赵守备(人称赵八贡)，问明原因，认为他是西平老乡，出山镇刘家晚辈，二人商量由赵将刘领回仪封作处理。赵见刘的志向远大，将来必成大器，便认他为义子，刘非常感激，磕头谢恩。在赵的关爱下，刘百依百顺，努力习文练武，并带领家丁保家护院，使赵家内外无欺，家业更加兴旺，威望名扬四方。

时光如梭，转眼洪起长到二十出头。膀大腰粗，力壮如牛，气如猛虎，习练一些拳术和轻功，能飞檐走壁，越高墙，跨深沟，可他总想受到高师指点，学练一身真功夫。为此，他多次向义父请求他外出学艺的志愿，后得到义父赵守备的许可，资助一些银两，让他去山东学艺。功夫不负有心人，三年后确实学到一身武术奇功，并带回百余名挚友，亲如手足。便选择嵖岈山作为据点，开始立杆竖旗，占山为王。因对望花园王员外有仇恨，并且王有良田百顷，楼房一片，骡马成群，便先拿他开刀，实现他打富济贫的愿望。一天夜晚，他带人闯到王家，杀他个老少不留。最后剩下一个丫鬟，怀中抱一幼子，因她是个落难之人，不仅没杀，并给她一处宅院。孩子长大后成了王家的后裔。随后他把王家庄园、财产分给当地穷苦百姓，受到人们的赞扬。

遂平县槐树街南有个沟刘村，是刘洪起的祖家之地，刘姓多，而且在当地称王称霸，他们对洪起的作为很是反感，扬言道："刘洪起是刘家的败类，不守家规，丢了长辈的脸，早晚得除掉他。"刘洪起知道后怀恨在心，想不到姓刘的这样待我，便心生一计，将作威作福、横行乡里的刘姓露面人物都请到嵖岈山寨，摆上宴席，在酒性大发之际，突然举刀将他们一个不留地杀死，霎时血流满堂。之后把他们的家产分给穷苦百姓，将村名改为"沟流村"。

刘洪起除恶扬善之举，受到穷苦大众的拥护，许多热心男儿纷纷投靠了他。几年后，兵员增加到万人，还有潜夫千人。审判贪官及恶人。把罪大恶极者推到"杀人场"由刀斧手用大刀砍死，尸体扔到嵖岈山后阴沟内让野兽充饥。后来，因人多地域有限，将一部分将士迁往嵖岈山西北七公里处平头垛顶峰。那里地势平坦，土质肥沃，有田地四十多亩，又有水源，四周悬崖，视野开阔，居高临下，易守难攻，是不可多得的战略要地。顺山势修两道寨墙，一道叫大寨，一道二寨，现有遗址尚存。马队住在山下一个村庄上，庄西是练马场。后来，这个村庄叫“扎马庄”，山叫“跑马山”。

平果朵峰高路险，西北山坳里有座寺院，叫“金莲寺”，也叫“千风寺”。始建于北魏年间，重建于明正统巳已年 (1499 年)，为遂平、西平、舞阳、泌阳等地 72 寺之首，人称“总寺”。寺院建筑气势恢宏，僧人众多，香火旺盛。每年三月有庙会，善男信女从各地涌来朝拜，烧香焚纸，求保吉祥，所以人往如潮，盛况空前。据传当时佛海方丈淫心极恶，利用会期人旺，霸占民女，欺压民众。他在后厅安设奥妙机关，将烧香美女落于暗室洞中，任其蹂躏。那时，寺中有位讲经说道的杨道浑先生，是泌阳县羊册人，对其行为极为不满。一天趁方丈外出之际，在寺院查找奥秘，发现大厅红光发亮的柱子旁，有一偏门，用手一拍，门开了，向里一望，黑洞深不可测，内有凄惨的哭声。便使用吸烟的烟袋杆作为拐杖，漫步到下面，见有十多位妙龄少女被关在那里，哭着喊冤救人，杨仔细询问每人的姓名、家庭住址、亲人是谁，何时落难于此？并一一记在一个小本子上。后来，杨先生的行踪被佛海方丈得知，对其严加看管，不让其离开庙门，一天，方丈有意请杨先生外出去五里长沟观景赏花，当走到高崖处，猛然将杨推向万丈深渊，杨当即一命呜呼。

由于杨先生多日未回家，其妻命儿子翻山越岭到千风寺来寻找父亲，佛海方丈硬说他已离寺回家了。杨的儿子感到不妙，便到处询问。正好碰上一砍柴的樵夫，他说：“前些时五里长沟的崖下有一尸体，不知何人。”杨的儿子顺着樵夫指引的方向，越沟壑，攀荆棘，摸到沟底，发现尸体已被野兽吃掉，只剩烂衣一片、布鞋一双和一个小笔记本子，认出是父亲的遗物。又经过仔细翻阅父亲的笔录，记有方丈的条条罪状，确认肯定是佛海方丈心生歹计，将父害死。越想越恨，便找到几位受害者一道写下诉状，去找刘扁头为民众报仇除害。

刘接到状纸及实情诉说以后，亲自到各村做了详细查访，发现百姓对寺庙和尚早已深恶痛绝，纷纷要求兴兵除害。可是刘扁头知道那些秃头和尚武艺高强，不能轻举妄动。经过同其妹刘洪梅的周密谋划，让其妹先打入内部，自己再带队围困寺院，里应外合，一举全歼。

不久，庙会同往常一样，如期举行，赴会者人山人海，盛况空前。老天降下大雨，慌乱之中和尚又抢来十多名美女，其中就有花枝招展的刘洪梅。不入虎穴，焉得虎子？刘洪梅有意让自己被抢入暗室洞中，她先安慰被抢女子要听她的指挥，摸清外出路径等详情，按照原定计划，实施里应外合。第二天，雨过天晴，义军将寺院层层围困，佛海方丈出来应战，刘扁头先将其杀死，然后刘洪梅冲出暗洞，杀声四起，那些和尚根本不是她的对手，三下五除二杀得尸体遍地，血流成河。从此人去庙空，寺院成了一堆废墟。

时至清顺治年间，刘扁头义军发展越来越大，并从遂平出兵到新蔡、息县、光山、固始等地，目的是征讨金兵，扩充军马。可谁知威胁到清朝皇帝，清帝下诏派总兵孔希贵率数十万人马，围困捉拿刘扁头及部下。刘扁头从嵖岈山寨败走平头朵，途中兵卒流散，刘扁头壮烈牺牲，轰轰烈烈的农民起义失败了。农民义举虽然失败，但志节皎然，百姓爱戴！可谓英烈！据《西平县志》记载，刘尸运回西平，埋葬在西南滚河北岸刘楼西地。

刘家兄妹的英勇事迹虽年月久远，但至今仍然留有永远不可磨灭的遗迹。如跑马岭北侧有一巨峰，高约数丈，上端如人的头部，眉、眼、鼻、口、耳俱全，逼真，五官端正；下边身材魁梧，人称刘扁峰。千风寺东山梁上，耸立一块巨大的千石碑，人叫刘扁碑。碑石上面没刻一字，示意他的功过是非，全由后人书写。

平头朵西侧留有刘扁睡觉的石床及枕头；东侧有刘洪梅的梳妆台、脸盆、尿窑、尿痕等。还有座石峰形似女人，在云雾中翩翩起舞，人说是刘洪梅的化身，叫玉女峰。以上充分说明人们对刘洪起、刘洪梅兄妹的思念，他们的英勇事迹深深留在人们心中，永不忘记。

第七节　尖山与平头朵

尖山与平头朵两座山坐落于海眼、赵庄两村南面，东边一座叫“尖山”，西边一座叫“平头朵”，海拔均在700米左右。

两山相连，为何一尖一平，相差巨大？这其中还有一段动人的故事哩！

西部山区时常干旱少雨，有一年连续数月滴雨未下，造成沟河干枯，井底生尘，百姓们吃水更是困难，田地里的庄稼都旱死了。常言道：“山不在高，有仙则灵。”且说这两座山上的神仙，眼见民不聊生，不觉心生怜悯之情。为了把民间疾苦上报天庭，两山神仙反复商量，最终决定谁长得高谁就上天庭报告，也好趁此确定两山的兄弟排行！谁知两山都爱争强好胜，便一拍而定，各自开始生长。故有今天之“尖山平头朵，谁高谁当哥”的说法和传说故事。

且说这俩山，起初都是在白天长，夜里休息。但是其中一山仙心里暗忖道：照此下去，不但我俩难分胜负，而且百姓疾苦要到何时？于是，平头朵不但白天长，晚上也偷着长，不数日，就远远超过了另一座山，谁知道由于长势太快，一不小心顶到了玉皇大帝的龙椅里，把玉帝吓了一跳。玉帝大怒，随手用自己的龙头拐杖给了这山一棍，这一棍下去不当紧，把山头削去了半截，至今山头平平的，于是，后来就称之为“平头朵”。而另一座山见哥哥遭此劫难，悲痛交加。但为了百姓疾苦，它忍痛上天，以告前事。玉帝感其诚意，遂令东海龙王普施甘霖，当地旱情遂解。这座山就是现在人们所说的尖山了。

后人为了纪念平头朵，在上面修建了寺庙，里面供奉着玉皇大帝、天兵天将和各路天神，从此焚香祭拜，又在上面砌两口水井，该井水四季不断，清澈甘甜，堪称为奇。尖山、平头朵两山一尖一平相映成趣，吸引着众多游人前去观赏。后人感言：“山不在高，全在于心。”

第八节　缩头老鳖石

平头朵山下，凉水泉旁边有块大石头，上面鼓鼓的，四周边沿向外扑扇着，下面还伸出四条腿，但就是没有脑袋，人们都叫它缩头老鳖。为啥叫这个名字呢？传说很久以前，凉水泉西边住着一户中年夫妇，以看管荒山、割槐草、挖药、砍柴为生。

这家女子年方二十七八，长得眉清目秀，如花似玉，体态丰满，人见人爱。这天，丈夫上山采药去了，天快晌午了还没回来。该做饭了，当她和好面正在擀面条时，冷不防进来一男子偷偷溜到她的背后，伸手就去拥抱，那女子顿时恼羞成怒：“想占我便宜，没门儿！”随即伸出面手照准那人的头上拍去，这一拍不当紧，一下把那人的脑袋给拍进肚子里去了。就这样，那人便狼狈地溜跑了。到了第二天，人们才发现凉水泉旁边的那块怪石头，上面现出白乎乎的一层面。这时，人们才知道这块没长脑袋的大石头，原来是那个色狼老鳖精，因羞见人类，无颜面世，才无奈石化而成。

第九节　造钱洞

平头朵南坡半山腰有个山洞，约有一间房子那么大，据说是刘扁头在平头垛占山为王时，为接济周围山民和本部人马费用，就在这洞内制造钱币，不久前，人们还在洞里发现残缺不全的钱币碎片，故名造钱洞。

第十节　梳妆楼

梳妆楼位于嵖岈山镇赵庄村南面的平头朵，山东侧向西一字排开有四个山峰，人称大朵、二朵、三朵、四朵子。

梳妆楼由何而来呢？相传明朝后期，农民起义将领刘洪起，乳名刘林，外号刘扁头；和妹妹刘洪梅，率兵马驻扎在平头朵顶峰。大朵子东侧有一孤独的山峰，刘洪梅常常在此梳洗打扮，人们管它叫梳妆楼，上面有梳妆台、洗脸盆等名胜古迹。

还有人说：这座山峰一年四季花枝招展，像婀娜多姿又翩翩起舞的倩女，它不是山峰，而是刘洪梅的化身，所以叫玉女峰。

第十一节　柏林沟的传说

千风寺西边有一山沟，沟两岸全是灌木丛生的小柏树，始终也长不高。为什么呢？据传，在刘扁头占领千风寺时，老和尚怕丢掉贵重财物聚宝盆，差人把它埋在山谷的悬崖上。但又怕事后找不到，就折了一个柏树枝插在埋聚宝盆的地方，以便将来取回。

当那位幸存的和尚多年后返回取宝物时，只见一沟两沿儿都长满了类似的小柏树。他哪能还找得着宝物埋藏的地方呢？柏林沟就由此而得名。

第十二节　牛腿石的由来

在遂平县嵖岈山乡红石崖村歇子沟村庄周围，有三座小山，一座叫牛头山，一座叫牛心山，另一座叫牛尾山，这三座山里面有块长约 3 米，直径 60 多厘米一块像牛腿和牛蹄的石头，通体呈土灰色，“牛腿”粗壮，关节分明，更奇怪的是，下端还有“牛蹄”，牛蹄瓣自然岔开，大蹄上面还有肉蹄，大蹄夹又是青灰带褐色，总体上看跟现在的吨牛没有两样。为啥这些山名和奇石都集中出现在这里呢？

相传，西平县酒店乡南山有个朱仓庄（现仍有这个村庄）。元末时，庄上有个来此探亲的男孩叫朱洪武（朱元璋的年号），小时候给山北大财主他舅家放牛。他每天起得很早，半夜里就和几个伙伴一起，把牛赶到这山上了。由于起得过早，他们老是饿得肚子咕咕叫，多么想吃点东西呀！可山冈野岭吃啥没啥，就这样日复一日的饿着，一天饿得实在没办法，聪明调皮的朱洪武忽然对大伙说："你们是真饿还是假饿？"大家都异口同声地说："饿得还很哩，饿有啥办法？你听肚子像打雷一样，轰隆隆直叫唤。"

朱洪武说："我有个法子。"就如此这般地对伙伴们说了一遍。

伙伴们说："那主家能依？不把咱活剥了才怪呢！"

朱洪武说："看我的吧，保管叫它天衣无缝。"于是，他们就逮住一头公牛杀掉了。朱洪武又把他舅家的锅偷来，在地上挖个坑，把锅座上，肉砍成块放在锅里。怎奈锅小，一锅盛不下，还剩下牛头、牛尾、牛心，他们煮熟了牛肉，饥饿如刀绞的几个伙伴，狼吞虎咽般地吃饱了。

当朱洪武去送锅的时候，天色就要亮了，咋送哩？朱洪武无奈祷告道："天啊！你就不会再黑一会儿？"说罢，天色忽然暗下来，朱洪武借着这一阵黑赶紧把锅送到舅家，来不及送到灶屋房，就倒扣在外面的秫杆顶上。从此有了每天黎明前天空都要黑一阵的来历，人们叫凌晨明儿；并有了"秫杆攒不漏雨"的说法。

就这样，朱洪武把锅送回以后，又立马赶回山上。可剩下的牛头、牛心、牛尾、牛腿、牛蹄没法处理，咋办？伙伴们说，把它埋了！可少了一头牛咋办？朱洪武埋头一想，鬼点子来了：把它插山崖石洞里！然后他回去告诉舅舅："咱的牛钻进山洞里出不来啦！"他舅信以为真，跟外甥来到山上，果然不错，牛尾巴尖还在外面。他舅二话不说就去拽牛尾巴，一拽，哞！一拽，哞！

怎么也拽不出来，就认可它死在里面了。

后来，这头牛的灵魂化成了一种小鸟，其色泽丽灰，体形若斑鸠大小，虽不善飞翔，但在地上却跑得很快。每到夏秋收获季节的半夜以后，这种鸟就在田野里到处哞哞乱叫，人们称它为“地哞牛鸟”。而牛头、牛尾也分别化成牛心山、牛角湾及牛腿石、牛蹄石了。

第十三节　金莲寺与黑龙潭

金莲寺（在红石崖景区内，距遂平城西 35 公里）里焚香拜佛，磕头许愿消灾的善男信女，整天熙熙攘攘，热闹非凡。但是就在距金莲寺 3 公里的黑龙潭里，香火也多起来，还有人给黑龙爷盖起了庙，为此，金莲寺的老和尚非常忌恨，又急又恼。一天他吩咐小和尚要蒸上一大筐馒头，说三天后我要与黑龙决一死战，必须把它打败。不然的话，到他那烧香磕头的人比我们这还多，这还了得？到那天，我和黑龙打的时间长了，恐怕饥饿疲劳难以取胜，你们就把馒头抬到潭边，当潭中翻黑水时，你们就往水里砸石头，翻红水时，就往水里丢馍。

到了这天，老和尚口含避水珠，手抓宝剑，一头扎进黑龙潭。和尚进潭后与黑龙在深水处打了几十个回合，但不见胜负。这时，潭边的小和尚，只见水面一会儿黑水翻滚，一会儿红水开花，当看到红水翻花时，小和尚正要把馒头投入水中，忽然水面伸出一只像簸箕一般大小的手，小和尚吓得转身就跑。

且说老和尚与黑龙战了约有半个时辰，真是又累又饿，又得不到小和尚的援助，一口气跑到金莲寺里，躺在床上三天都起不来。这样，老和尚好长一段时间再也不敢出门，他知道如果一不小心，就会被黑龙所害。

事隔月余，老和尚看到天空晴朗，万里无云，他从山北小道下山去赶集，到土山街还不到半个时辰，晴朗的天空霎时布满了乌云，他抬头一看，知道大事不好，一摸腰间，宝剑也忘带了，连忙到杂货部买了一打瓷碗，顶在头上，一溜烟出街往回赶，走到象山口(遂平下宋水库北侧)时，黑云在头顶上翻滚，忽然一声霹雷，和尚顺手从头上取一只碗摔在地上，西行至柴王台时又一声响雷，和尚又从头上拿下一只碗摔下，这时天上布满乌云，电闪雷鸣，和尚走得越快，黑云在头顶上雷声也越大，每一声响雷，和尚就要摔一只碗，当走到苍峰垛半山腰时，和尚头上的碗仅剩下最后一只了，又一声霹雷，他摔了最后一只碗，正欲西走，又一声响雷，终于击中了他。当后人为这和尚收尸时，只见和尚脑后有一被黑龙抓的圆洞。当然，由于黑龙在这次行动中功力用尽，也累死了。

从此以后，当地人便把这个水潭叫作黑龙潭。

第十四节　蜻蜓、蚊子的由来

谁都知道蜻蜓是蚊子的天敌。为啥呢?

相传，在周朝时期，上八仙姜子牙生性好钓鱼，天天坐在渭水河边的石头上钓，可总也钓不着，因为他的鱼钩是一条直直的铁丝，咋能钓得着呢?

这天他又来到河边，刚一坐定，他老伴也来了，并说：“今儿个，没事也陪你玩玩。看看钓鱼。”姜子牙就和老伴并排坐着，姜子牙手提钓鱼竿往水中下钓鱼钩时，他老伴才发现鱼钩是条直的，她顺手抓在手里对姜子牙说：“看你这老东西，怪不得你钓不着鱼，这钓鱼钩是一条直棍，你有天大的本事，也钓不着鱼儿啊。”她随手将铁丝捏了一个钩，递给姜子牙，“给，钓去吧!

看钓住钓不住？”

姜子牙接过鱼钩看了看，自言自语地说：“也许中。”他把鱼钩放下水，二人注视渔竿的动静，不多时，果然钓着了一条“大鱼”。他拽呀拽，拽不动，便用尽全力拽，刚拽出水面，只见此“鱼”粗大无比，又一用劲儿，坏了，那“鱼”顺势蹿将上来，直蹿到天上，把东北角上的天戳了个大窟窿。霎时天昏地暗，寒气逼人，弄得天下动植物没法生存。姜子牙知道闯了大祸。那是天空东北方的擎天柱倒了，天失去了支柱，不塌下才怪呢？于是，姜子牙便急忙搬一大块冰凌给补上了。从那时候起，地球上气温就数东北最低，最低时达零下 40℃以下，冷的时间也最长。

再说姜子牙的老伴因给姜子牙闯了大祸，给世间带来了这么大灾难，姜子牙十分愤怒，一气之下，便把他老伴一棍打死了，并将其尸体埋在路边，让来往的路人骂她，以为民除恨。

谁知，姜子牙把他老伴埋葬以后，其阴魂就变成了魔鬼，专吃路边行人，吃得路断人稀，世人怨声载道。姜子牙更加恼怒，就把她的墓扒开，打开棺材一看，竟是满棺材蚊子，像一窝蜂一样飞出来，顿时普天下黑压压一片。专喝人或其他动物的鲜血，让世人深受其害。

从来善良的姜子牙看到蚊子这样危害百姓，便心生一计，弄来杆草(谷子秆茎)，用铡刀铡成约一两寸长，口念咒语，用手往空中一撒，这一撒不当紧，一节节杆草变成了一只只蜻蜓，蜻蜓专捉蚊子吃，成了蚊子的天敌，蜻蜓到处飞，飞到树林中，飞到山跟旁，飞到池塘边，也飞到遂平县的红石崖。从此，天下的蚊子逐渐减少，但没有被蜻蜓捉到的蚊子，仍然趴到人或动物的身上，就用它特有的功能——针形嘴，专吸人或动物身上的血。这就是蜻蜓和蚊子的由来。

第十五节　“是（柿）树一千年”

东汉时期，奸贼王莽篡权后，一心要杀害太子刘秀，指使爪牙到处捉拿。刘秀见大势不好，趁机逃避，不料被奸贼发现，随后追赶。刘秀马不停蹄东奔西逃，但却怎么也摆脱不掉。这天刘秀是人困马乏，饥饿难当，来到一棵大树下想歇一会儿，正好树枝上挂着好多鲜红透亮的果实，他摘下来一品尝，咦！水灵灵、甜滋滋的。这真是天无绝人之路。他就摘着吃开了，一下子吃了个饱，不渴了，也不饿了。这时他说：“以后我要得不到江山倒还算罢，如果有朝一日得了天下，我要叫这种树活上一千年。”

后来，大臣们把狗奸贼王莽赶下了台，扶刘秀登上皇位，待他理顺朝纲以后，要封这棵树为千年树。可是不知这树叫啥名字，只好说道：“是树一千年。”于是，后人就把这种树叫作柿树，柿树得了御封，就成了长命树。而构树后来知道了，气得浑身长了一身疙瘩，不几年就死了，因此，一直到现在，在植物类中，就数构树的寿命最短、柿树的寿命最长。

第十六节　歇子山上板栗树

歇子山，山连山，板栗树望不到边。歇子山，坐落在红石崖村西面。相传，以前这大山沟里住着一户大财主，以山的独特优势大力发展板栗，使这片大山里面尽是板栗树了。

有一年，他为进一步扩大面积，雇了不少人帮助挖坑栽树，因为雇的人多，散布面积又广，到吃饭时没法喊，他利用放炮的方法，吃饭时以三声炮响为信号来叫人吃饭。每到饭时三声炮响后，回声接着也来了，弄得整个山沟轰隆隆一片声响。有人以为这家财主有野心想造反，便告上县衙，县大老爷得知这消息，带着衙役，来到这里，先是暗访，只见到处都在挖坑刨土忙着干活，没有发现不规迹象，然后，来到财主家。财主见来了县大老爷，便设宴热情款待。席间，大财主谈及自己的宏伟蓝图，县大老爷也很赏识。突然，如雷贯耳的三声炮连着回声响成一片，顿时县大老爷惊慌失措，心想莫非是设的鸿门宴不成，财主看出县长的神色，边解释道："不用害怕，那是我叫人的信号。"并详细说明了情况，县大老爷说："原来如此。"

该用饭了，端上去满满一筐馍，有白馍，有黄馍，黄馍专为招待稀客吃的是栗面馍，白馍少，是供自己人吃的。这时县长怕有失体面，不吃黄馍，吃白馍，而衙役看白馍少，就吃黄馍。一吃，咦！黄馍干面香甜，美味可口，还从来没品尝过。趁主人不注意他装兜里一块。当时因白馍少，县长也没吃饱。

席罢返回的路上，衙役对县太爷说起午餐之事："你不知黄面馍有多好吃。"随着从口袋里掏一块，"给，我还给你装一块呢！"县大老爷一吃，入口香甜，妙不可言，才悟出这黄面馍是特意招待我们的。这次查巡非但没有惩罚财主，日后反而给予大力支持，使歇子山上的板栗树越种越多。

第十七节　金莲寺是官修的

遂平县城西70里处有座奇丽的苍峰垛，在它的南麓脚下有挂天井瀑布，在雨水丰盛的季节里，声震方圆十里。其南端坐落着古柏拥翠的古刹金莲寺。这是官称的名字，本地人及方圆百里都叫千风寺，这是俗称，还有一个名字叫千风寺。寺南是尼姑庵，寺南方有塔院，寺东南有天桥沟和城墙沟。这里山奇水幽，草木葱茏，鸟语花香，四周石崖上姹紫嫣红的杜鹃花，十分绚丽，最能吸引游客的眼球。尤其新修的省级公路从寺前通过，把遂平的嵖岈山景区、凤鸣谷景区、红石崖景区、龙天沟景区与舞钢市的九头崖二郎山景区、母祖峡景区连接一起，构成了一道亮丽的风景线。

金莲寺始建于北魏佛教盛行时。据史载，北魏太武帝拓跋焘始光元年（424 年），菩提达摩从南朝到北朝去，路过此地，举目四顾，发现四面山峰状如莲花，岭似卧虎，峰盘蛟龙，背依苍峰垛，前傍潺潺的娘娘河，是块罕见又难得的风水宝地。当他见到太武帝的第一件事，建议在房地（遂平）红石崖娘娘河的源头处建寺，是光大国威的最佳地方。太武帝当即允下遂修寺院，定名金莲寺。寺院坐北朝南，依山就势，前低后高三级台阶，其前排为三圣堂，供奉三圣母；其中排为大雄宝殿，供奉观音菩萨；后排为天王殿，供奉伏羲、女娲、燧人三皇。正殿西侧为廊坊数间，庄严肃穆，巍巍壮观；有僧人数百，主持佛海大师定期巡察方圆百里之寺观，并讲经布道，每到一处，当地王公贵族必往听经。一切经费都由朝廷支付，后因战争不断，寺院消费庞大，国家经费难于支撑，以致金莲寺院寺日趋衰微。历经唐、宋、元的更替，时起时伏。

到了明代正统己巳年（1449 年），汝宁府按照朝廷旨意，几乎与陈州太昊陵同时，动员所属州县名流商贾捐资，重新修建金莲寺。恢复了原有规模，并立碑刻石以纪。其间，香火极盛，多属善男信女焚香祈祷女娲娘娘许愿求子者。每年三月十五日起会三日，盛况非常。南起湖广，北到山、陕、冀、鲁都有来朝圣者。到了明末，朝政腐败，民不聊生，农民起义风起云涌，加之寺内部分和尚祸国殃民，欺男霸女，无恶不作，致使院事颓废。

金莲寺遭焚烧有两说。一说是李自成起义军攻陷遂平，连同县城一并焚烧。一说是清代农民起义首领刘洪起行侠仗义，除恶僧、烧寺院。最后成为废墟，无人问津，直到 2013 年，由驻马店千风寺旅游开发有限公司投资并在此规划重建。

第十八节　千风寺名气大

红石崖山里边有个大歪尖山，山南坡脚下有个千风寺，非常出名。一是因为寺院是在很早很早以前一个皇帝出钱修的；二是因为主要是供奉人祖女娲娘娘的；三是因为女娲三月十五的生日，每年必起庙会三天。只要一起庙会，无数的善男信女，不顾千里迢迢，日夜兼程来到千风寺赶庙会。他们不只是来买地道药材桔梗、柴胡、血参和灵芝，更是为了向女娲娘娘请愿求子。

说来也怪，方圆百里的寺庙都归千风寺管辖，传经布道的内容也是大师一人，千篇一律的。唯有请愿求子差别很大，到千风寺来，求一个应一个，求两个应一双。别的寺庙就大不相同了，十有八九不灵验。所以，每年三月十五的千风寺庙会这一天，来赶会的人格外地多，后殿的香火特别旺，香灰漫出炉外，成了大堆。传说，神的灵气儿都在香灰里面，吃下它不但能得子，还能治百病。很多香客把买来的烧饼埋在灰堆里，再把粘上灰的饼扒出来，带回去吃，有的干脆抓一把灰在饼里，如获至宝，揣入怀中。还传说香灰是女娲娘娘赐给的灵丹妙药，她是造人的始祖，是天下的真神，当然灵验，还有人说这里的大师是得观音菩萨真经的传人，法术广大。

就这样，一传十，十传百，百而千地传播开来，千风寺的名气传得很远。有一年庙会的前一天，女娲娘娘的金身突然没了踪影。此事像长了翅膀，弄得皇上老子也知道了，圣旨下到遂平县衙，要县太爷限期破案。这可是拉车买胡椒——事儿大啦，来上任不到一年的县令沈龙，心里焦成麻叶子，这个沈县令，是湖广人氏，来上任没几天遇着大旱，为民请过愿，天降甘霖，老百姓都夸他是清官，又出了这档子事儿；皇上下旨要限期破案，破不了，提头面君；如期破案，官提三级。弄得他心急如焚，饭茶不进，彻夜不眠，县太奶奶也心焦火燎。

深更半夜，县太爷两口子心正苦于没办法之时，他不满月的儿子发话了。爹爹呀，您老人家别愁，女娲奶奶的金身让咱湖广老乡借走一用，一月之内定来归还，等着吧。后来，沈龙追问，孩儿再也不言语了。沈龙寻思：不能等，皇上的旨意重如律典，一刻也不能缓，给老婆叮嘱后，速将马夫叫来，让他选三匹强壮快马牵到后院老爷急用，记住，你知、我知、天知、地知，若漏风声，爷要你头。马夫不敢怠慢，速挑快马三匹来到后院，沈龙正要上马，一只凤凰落在面前说，万水千山拦阻，快马不快，坐上吧，保你平安到达，果不其然，坐凤升天，天亮回到家乡，见到族长，沈龙哭诉缘由。族长说，你沈龙是咱沈家第一个考取官职的人，族人为你骄傲。你为民求雨，我们为你自豪，不过我们用女娲金身仿塑修庙供奉，是借不是盗，惹皇上动怒，成了御案，始料不及。我安排人手，马上送回。沈龙问，需几天时日？回答最快也要半月，若遇情况，那就难说了。沈龙愁眉不展，这时候，凤凰答话了，我是女娲娘老坐骑了，沈爷把金身带上，如同来时，即刻可回。

沈龙的心情是“春风得意马蹄疾”呀，“唰、唰、唰”一篇文采飞扬的奏折写完了，遂令快马递往京城。皇上老子钦览沈龙的折子，龙颜大喜，速速传旨，不但给沈龙官提三级，入了翰林，还拨了专款，重新修葺了千凤寺，从此该寺威名远扬，轰动全国。

第十九节　铲除千凤寺恶僧

传说，千凤寺是因方圆 72 座寺庙而得名。原本也是很有盛名的，到了明朝万历年间，魏忠贤这个老贼专权，朝政腐败，战争连连，也顾不得管束寺庙了，弄得千凤寺的和尚也不尊佛法了，一部分和尚在方丈的引导下，明里暗里，在方圆附近盗财霸女，拦路抢劫，祸害百姓，弄得怨声载道，苦不堪言。每逢千风寺三月十五庙会，他们更是猖狂。

有一天，方丈去白果寺讲经，千风寺内的很多秘密都被也能讲经的杨道浑知根知底，特别是被抢来的很多有姿色的女子，都藏在暗道机关里，供他们奸淫作乐。女子们的家人，只知道去千风寺烧香求子不见的，就是不知道人丢到哪里去了，活不见人，死不见尸。

杨道浑的行动传到方丈耳朵里，方丈恨得咬牙切齿，暗骂杨道浑不是东西，又怕坏了他们臭事儿。方丈为了杀人灭口，就满脸堆笑地以观花为名，把杨道浑引到悬崖边，猛推其下崖摔死又灭尸。不管什么事儿，要想人不知，除非己莫为。只要为，就没有不透风的墙。

后来，方丈一伙劣和尚的事儿捅到平头朵上的刘扁头那里。刘扁头大号刘洪起，妹妹刘洪梅，行侠仗义，当上了农民起义的头目，大营扎在万夫莫开的平头朵上。平头朵上有四十亩地可种，上建有高田寺，下有隐洞寺，还有王莽撵刘秀时留下的扳倒井也在上面。站在上面，四周环顾，方圆十里好景致一览无余，那可是人间要吃有粮，要喝有井的天堂。

刘扁头一听千风寺的方丈及一伙孬和尚这么伤天害理，大骂一群歪嘴子和尚，一是危害百姓，二是坏了千风寺的好名声。他与妹妹商定，趁夜深人静，带上人马，神不知鬼不觉地铲除了这帮恶僧，并一怒之下一把火把个千年古刹烧了个精光。

故事链接：

县剧团编演《千风寺》

建国前，遂平县办了个训练班，练武功，学二黄。后来，从郾陵、扶沟来了李凡清、李玉梅兄妹及一家人，改二黄戏为河南梆子（豫剧）戏。新中国成立后，改训练班为遂平县人民豫剧团，归县文化馆管辖。

县文化馆派干部赵元庆去剧团协助工作。赵元庆是信阳专区文工团下来的全才。他不但擅书画，还会吹拉弹唱，导戏编剧，行行精通。他根据千风寺的传说编导了一台大戏，名字就叫《千风寺》，让县剧团演出，除恶扬善的主题十分鲜明，还创造了机关电动布景（有动感），在信阳专区各县巡回售票演出，观众爱看，轰动当时。

第二十节 “抬老沈”与黑龙潭

从红石崖顺娘娘河往南经千石碑西折处有一深不见底的潭窝，由于水色绿中带黑，人们取名黑龙潭。西折的河段两岸山石峭立，人们取名叫城墙沟。就是这个转折处，沟细如候，状如龙的咽喉，山水大时，水成柱状，射泻于黑龙潭中，声响如滚雷。山水小时，水顺石而下，势若瀑布。传说这里是管老天爷下雨的地方，所以当地人们就在北岸山腰间砌了个十分简陋的龙王爷小庙。时逢旱天，到这里求雨的香客络绎不绝。

“抬老沈”是遂平县正月十五灯会玩杂耍的主要节目，包括竹马子、旱船等。其道具是一把罗圈椅绑在两根轿杆上，县太爷打扮的老沈坐在椅子上，由四人抬着，在大铜器的伴奏下，抬者踏着舞步一摇三摆，鸣锣开道。据传，这是遂平县人民为纪念兴利于民的县令老沈而创作的专有节目。

老沈，名叫沈龙，南方人，大概是明朝嘉靖年间来到遂平当县官的。为什么称老沈呢？说是他五十三岁才考上进士，又留着很长的五须胡，人们都呼他“沈老县太爷”。他走后，都称他老沈了。那么多县令如走马灯一样，都是过眼烟云，为何老沈被遂平百姓抬着纪念呢？这其中自有他的道理。

沈龙来县上任，已是遂平大旱的第三年。赤地百里，路断人稀、县人饿死过半，活着的离乡背井，外出谋生。沈龙寻思，国以民为天，县境这般惨相，我来当谁的官。他回想孩提时在家就听老人说，金莲寺中女娲娘娘的金身能有求必应，十分灵验。对，上金莲寺，寻找解决问题的办法。他清楚求神必须心诚，心诚神才灵。于是他有马不骑，步行七十里，身背干粮，吃馍喝水，来到寺庙里，从前院到后殿，焚香祈祷，行三叩九礼。到女娲神面前，痛不欲生哭诉道：面对大旱惨相，我沈龙只有两途，无力回天，弃官回乡，这是逃避一途；为民请命，求神施救，天降甘霖，愿为此死。女娲果然显灵，向沈龙密授法术。

沈龙连夜赶回县衙，叫醒三班衙役，照秘术，把大堂椅子绑上轿杆，椅后放上一缸炮药，炮捻盘上三五一十五圈。一切准备就绪，只待公鸡啼晓。沈龙告诉妻子，我老沈此行，生死未卜，你就看天，若天降大雨，就把家乡的燻鸭炖上；待到晌午，烈日当头，就上香面南跪拜祖先就是了。

公鸡一啼，沈龙坐上堂椅，十二人三班替换，抬着老沈速速来到黑龙潭。他安排衙役们：炮捻点燃你们离我远去，看潭水冒白花，就往潭水中投白馍，若是冒黑花，就扔石头。为啥沈龙这样安排呢？据传，这黑龙潭中住的是条白龙，风调雨顺，人民安居乐业，后来也不知从哪里来了一条黑龙，硬要占这个潭窝。于是，两条龙就打起来了。只打得白龙也无心管天下雨了，最后年老体弱的白龙被赶到尖山下的白龙池里去了。黑龙在黑龙潭中搅和得连年不雨。

沈龙面南行礼之后，就命人点然炮捻，让大家闪开，在烈日下闭目，口中振振有词：白龙爷呀白龙爷，沈龙为百姓求您了，我背后一缸炮捻药的捻已点着了，您不回来让天下雨，沈龙只有用死表示为民请命的赤子之心了。只要下雨，解除大旱，沈龙死而无憾。您不回来，我死不瞑目呀，白龙爷。我们准备有足够的白面馍给您加力，回来吧。沈龙话音刚落，只见天空一道白光跃入潭中。潭中忽然翻白花，衙役们就往潭里投白馍；忽而又翻黑花，就投石头。两条龙不知斗了多少个回合，只听“嘶”的一声，一道黑光飞上天空。沈龙通身汗淌，湿透衣裤。炮捻也离点燃炮药缸越来越近。人们只为县太爷担心，但不敢吱声。正当午时三刻，一声山摇地动的巨响，随着瓢泼大雨从天而降。只剩一尺长的炮捻也被雨水浇灭了。众衙役一齐拥向县太爷大呼小叫。沈龙从极度疲惫不堪中睁开眼睛告诉大家，天降甘霖，阎王爷就不收留我，走，回衙贴告示去，让老百姓回乡种庄稼吧。

就为此，沈龙虽然升为朝官走了，遂平县群众仍然用“抬老沈”来纪念心存百姓的“县太爷”，直到如今。

第九章　传说故事

第一节 凤凰山的传说

从前，凤凰山下有一座花园，花园北边有一条小河，河水清凌凌的，四季长流不断。一到天黑人静的时候，便有一只美丽的凤凰边鸣边舞，到小河边嬉戏饮水。

这一天，一个南方风水先生打这里路过，看出这是块风水宝地，又推算出山上的一只金凤凰。这只金凤凰要是连着气儿喝够一百天花园北边小河的水，就会繁蛋。要是凤凰真繁了蛋，那朝廷的大官就会出在这里，他就打起坏主意，要害死金凤凰。

到凤凰去小河里饮水的第九十九天夜里，风清月明，一片银白。金凤凰刚到河边，正要饮水，忽听“嗖”的一声响，凤凰把头一扭，一支箭落到河沿上，凤凰马上掀起箭飞跑了，原来那支箭是南方风水先生射来的，他已经在这里暗处躲藏等了九十九个夜晚。

一连五六天，金凤凰不敢再到小河边去。到了夜里，它就远远地站在凤凰山上，远望小河里清凌凌的水落泪，因为她那九十九天的工夫毁了。

到了第七天，金凤凰正在山坡密林里叹气，忽然听到后山有人唱歌：

日头爬上东山坡哟，
老汉我上山打柴火。
一人一天一担哟，
众人砍柴柴更多……

听到歌声，金凤凰想，我何不翻山去瞅瞅哩？她摇身一变，化作一个英俊少年，来到山后，只见山岭重叠，与天相连，只有几只苍鹰在高空打旋儿，却找不到一个人影。

人哩？金凤凰正在纳闷，忽又听见了歌声：

要招凤凰到山窝，
多栽梧桐把善学。
乡邻和睦又勤谨，
引来凤凰院中落。

金凤凰顺着歌声寻去，见树林深处有一个白发老汉，正拿着斧子砍柴，就上前施礼，恭敬地问："老伯，您是哪里的？"

打柴老汉听到有人问话，忙停下手里的斧子说："俺是山园村的。"

"您可知道近来村里有个生人来过吗？"

"有个，就住在俺家里，是个南方人"。

"他要是在您村，您村就不会落凤凰啦！"

"那为啥哩？"

"因为这山里有只金凤凰，她每天天黑了要到河边饮水，就是那个南方人，在暗地里射了她一箭，她不敢去饮水了。"说着，少年从怀里掏出一支箭，递给老汉，老汉接过箭，一看，大吃一惊："这不是我打猎用的箭吗？咋叫南方人偷去射凤凰呢？可恼、可恼！"老汉收下箭，对少年说，"小兄弟，你等着瞧吧！我回去非给他算账不中！”说着老汉就要收拾柴火回家，少年急忙拦住老汉，恳求地说：“你把他赶走，他也不会善罢甘休，您一定天天晚上派人到河边保护金凤凰喝水，谨防南方人伤害她！”

老汉点点头，就下山回家了。

不等老汉到家，南方风水先生已经逃走了。老汉到家，忙着到床头掀开枕头，发现弓箭被南方风水先生偷去啦，他非常气愤，马上组织全村的人轮换着到河边站岗巡哨，第三天晚上，金凤凰真的又飞到河边饮水了。

南方风水先生的阴谋不成，又生出一条毒计来，他到县城找到县令，搅动他那三寸不烂之舌说：“大老爷，西山出了金凤凰啦，金凤凰要是喝了一百天河水，就要繁蛋。你没听童谣唱的‘凤凰繁个蛋，出个翰林官’吗？这话要应验了，这一带出了大官，大老爷您的乌纱帽就难保啦！”

县官一听，顿时像得了瘟病一样，哆哆嗦嗦地问，“那有啥法儿哩？先生请指教！”

“不用害怕，大老爷。只要您给我挑选二十名艺高身壮的打铁匠，两千斤熟铁，我自有妙计。”

县官巴不得立刻害死凤凰，一听有门，真是言听计从，很快从全县选来了技艺高强，身强力壮的打铁匠。又从民间搜刮来两千斤上等的熟铁，按照风水先生的吩咐，经过六六三十六天，打制了一只重两千斤的“铁猫（矛）”，偷偷地埋在河西边的山脚下。

这一天夜里，金凤凰又来到小河边饮水，刚落下身子。“铁猫”就从脚下窜出来，一下子咬住了金凤凰的前胸，金凤凰扇动着翅膀反抗，可是流血过多，力气不加……终于被“铁猫”咬死了。金凤凰的血如泉水一样流出来了，竟冲开了一条沟，这就是“铁猫沟”。

金凤凰遇害时，发出几声凄厉的叫声，顷刻间，狂风四起，飞沙走石，乌云满天，随着一阵“隆隆”的轰响，金凤凰变成了一座大山，首向西南，尾朝东北，两只翅膀伸向东南和西北，真如金凤凰展翅欲飞，北翅伸展，南翅蜷曲，据说是当年金凤凰被“铁猫”咬着时，疼痛挣扎时形成的。

第二节　歪尖山和蛤蟆山的来历

嵖岈山西北的群山中，有座歪尖山和蛤蟆山。

据说，歪尖山的山顶原来并不是歪的，而是直的。蛤蟆山也不像只蛤蟆趴在那里，山顶也是挺高挺直的。两座山并列着直立在群峰之中，好像身材魁梧的两弟兄。

玉皇大帝年轻的时候，天天睡懒觉，不理政事，文武百官敢怒而不敢言。那时候，谁奉承他，他就给谁晋升加冕；谁要说他的不是，就被处死。当时，只有一个可以批评他的，就是王母娘娘。那时他俩还没结婚，她又在蟠桃园里，所以不知道玉帝情况，天官的宰相就偷偷来到蟠桃园，告诉给她，她一听很生气，想治治玉帝，就翻阅百病历书，找治他的方法。可她又想，不行，这书是玉帝会背的。她想呀想，想了三天三夜，终于想出个好办法。

三月三是蟠桃大会，王母娘娘让仙女给玉帝送去一份请帖，上面写着：“三月初二，二更天到蟠桃园相会，商量完婚大事。”玉帝看了非常高兴，临睡前，就对身边的仙童说：“一更天时叫醒我，我有要事，误了重罚。”仙童想：以往玉帝都是从早睡到晚，今天怎么一更天就让叫他？往常天漏了都不去补，啥事这样重要？

一更天时，仙童忙跑进宫殿叫玉帝。可是，不管怎么叫，他仍鼾声如雷，仙童无奈，就在玉帝耳边大声喊道：“王母娘娘驾到！”这下可真灵，玉帝翻身坐起，草草穿戴了，忙到门口迎接。

等了好一会儿，不见王母娘娘，就训斥仙童，误了他睡觉。一阵训斥后，仙童才说："一更天到了。"玉帝一想，娘娘叫去蟠桃园相会哩，就慌慌张张走出灵霄宝殿，因走得急，不慎"扑通"一声跌倒了，趴在一个小石头上，他站起来，也不顾疼痛，对着绊他的石头踢了一脚，说："怎么这样无法无天！"说完，一溜烟走了，原来王母娘娘有意安排的，从此，玉帝改了睡懒觉的坏习惯，辛勤管理天庭之事了。

被玉帝踢的那块石头是座山顶，后来成了歪尖山。玉帝跌倒后，趴在一块石头上，那块石头被压扁了，成了现在的蛤蟆山。

第三节　黑鳝精计斗黄鳝精

很早的时候，平头朵山脚下的黑龙潭里，有两条鳝鱼在那里修炼成了精。一条是黑鳝精，一条是黄鳝精。黄鳝精比黑鳝精早修炼八百年，道行长，神通也大，但多年来经常出来扰乱周围村民，百姓都恨透了它。黑鳝精呢，常化作一个年轻壮汉的人为人们做好事，它就是靠了人间的阳刚之气而修炼得道的。

有一天，黑鳝精决心要惩治黄鳝精，为民除害，就同黄鳝精打起仗来了。你来他往，上下翻腾，搅得潭水黑一阵，黄一阵，像煮沸了一样，混成泥浆，它们从深秋打到严冬，整整打了九九八十一天。黑鳝精的体力渐渐不能支撑了，它就蹿出水面，化作一个年轻的黑壮汉离开黑龙潭，到一个吃斋行善的富户家扛活去了。

第二年春天，黑壮汉给东家说："掌柜的，今年种谷子一定是个好收成，咱多种点谷子中呗？"主人听了他的话，种了一百亩谷子，并由黑壮汉一个人拾掇谷地里的活计。黑壮汉起早贪黑地在谷地里锄草。一天，黑壮汉把谷苗锄掉很多，谷苗稀拉拉的，主人心痛地说："你咋把谷苗锄掉恁些？"他不慌不忙地回答："苗子太稠了，非得稀溜溜的，才能多打谷子。”就这样，他一天一天地锄着，谷苗一天一天地稀拉了。到了出穗的季节，百亩地里只剩下一株谷株。那谷穗呢，头一弯也不弯，直愣愣地朝上长，而且赵长越粗，后来竟长得大树蓬子一样……

秋收到了。黑壮汉叫主人在谷棵周围造了十亩大小的场。吃罢清早饭，黑壮汉拿着棍子，搬个凳子来到谷棵下面，打起谷穗来，谷粒像下冷子一样落了一大场面。主人可喜欢透了。准备三辆马车，一车一车往家拉，一下子拉了八八六十四大车，才拉完。

到挨黑时，主人做了一桌丰盛的酒菜，犒尝黑壮汉和伙计们，喝罢汤，黑壮汉向主人一五一十地说了自己的来历。主人吓得直哆嗦，脸上青一阵白一阵的。黑壮汉说：“掌柜的，您别害怕，你是我的恩人，我绝不害您！”并要求主人当晚给他蒸两大车馍。第二天鸡叫三遍送到黑龙潭边，黑壮汉说：“掌柜的，您只要看见潭里翻黑水，就和伙计们往潭里扔馍；要是翻黄水，您就扔石头”“中啊！”主人答应了。一眨眼，黑壮汉不见了。

第二天天不明，主人带着十多个伙计，拉了两大车谷面馍来到黑龙潭。他们看见潭水正在翻腾，水浪溅起三丈多高，一会儿变黑一会儿变黄。叫人感到天旋地转，主人和伙计们看见翻黑水，就一齐往潭里扔馍，看见翻黄水，就马上砸石头。就这样，黑鳝精越战越强，越战越猛，黄鳝精力量慢慢下降，最后战死。

黑鳝精打赢了黄鳝精。从此，周围村庄也平安了。

第四节　平头朵为民请愿

尖山、平头垛离嵖岈山有十来里远。这两座山本来没有名字，像一对亲兄弟一般高的个头，一样结实的身子，一块儿玩闹，成天非常快活。

有一年，天久旱不雨，土地干得裂了一道道大缝子，百姓们眼看着地里的庄稼黄了，焦了。他们实在没有办法，就烧香，求神取雨。可是老天爷一个劲儿地不下雨。这情况，两座小山看在眼里，急在心上。一天，平果朵对尖山说："咱俩生在尘世间，跟百姓共存，不能眼看他们遭灾难不管不问呀！"

尖山说："是呀！恐怕玉皇大帝疏忽了这一带的旱情，咱俩去求告玉帝，叫下场大雨，也算给百姓办点好事！"

平果朵说："对，我去面见玉皇大帝！"

没等平果朵说完，尖山便吵嚷着自己非去不中，平头垛说："你哪里知道呀！那玉皇大帝远住在高高的天宫，你这么小，能看见吗？"

尖山却丝毫不让，于是，两个没拌过嘴的小山竟然吵起嘴来，各说各有理，谁也不服谁，争着要去，日头落西的时候，还没有争出个结果，这时，机灵的平头垛心生一计说："这样吧，旱情这样大，救苗如救命，不能再拖延时间了，打今儿起，咱俩比赛长个头儿，三天为限，谁长高谁应哥，应哥的去天宫见玉帝禀报求雨，中不中？"

尖山一听，心里想，这三天不贪玩，连吃饭时也往上长，一定能超过它，就满口应承下来："中，一言为定！"

两座小山各显神通，拼命地往上长。尖山想尽办法，使出全身力气，可是咋也撵不上平果朵，高低越来差得越远。三天过去了，平头垛高过尖山一半，尖山输了，纳闷地想："它咋长恁快呢？"原来，诚实的尖山，只在白天拼命长，夜间就歇着。平果朵多长一个心眼儿，除了白天长夜间也偷偷地长，尖山咋能撵得上呢？

平果朵应了哥，要去见玉皇大帝，就又抖抖精神，运足气力，使劲猛长，头一直顶到南天门，见了玉帝，平果朵诉说了嵖岈山一带的旱情，请求玉帝开恩下场大雨，拯救黎民。玉帝听了，顺手从衙案上拿起一本书，翻了一会儿，慢腾腾地说："这晴雨本上，清楚地写着，今年那里大旱，有啥大惊小怪哩？嗯！”

平果朵苦苦哀求：“玉皇万岁，民以食为天哪，要是颗粒不收，百姓吃啥哩？咋能活下去哩？求万岁开开恩吧！”

玉皇大帝一听，气得面红耳赤：“你是哪路来的？小小年纪，还想教训我不成？天公安排，四时节气，旱涝有定，休要多嘴了！”

平果朵万分气愤地说：“天公，天公，天下公平，你不赐福百姓，却降灾乡民，公在哪里？敬你何用？”说着，用巨大的身子朝玉皇大帝拼力撞去。玉帝一看势头不对，慌忙用龙头拐棍挡去，只听“咔嚓”一声巨响有似天崩地裂，平果朵被击碎了上半截身子，“唰拉拉……”飞出百里之外，碎石落在确山县境内，堆起了一座山。后来百姓就称它“落山”。

从此平头垛成了一座没有山尖的石垛。乡民们感谢它不惜牺牲为民请命的恩情，把石垛叫作“平头垛”。意思是说，平果朵不是没有头，它是有头的石垛。

老天爷这样虐待平果朵，气得尖山发了怒，他一夜工夫，长出了一个又长又尖又锋利的山尖，打算长到天庭狠狠地整治玉皇大帝，为百姓出气，为哥哥报仇。玉皇人帝怕这样闹下去影响自己的名誉，也看到嵖岈山一带的旱情，后悔不该这样对待平果朵，急忙降旨，修改晴雨本，一连下了几场透犁雨，解除了旱情。尖山在这次争斗中也形成了自己的山势和体型，以后，人们叫它为“尖山”。

从那以后，百姓把尖山、平果朵敬为掌管旱涝的神山。又在平果朵上修了庙。庙内敬着山神，一有旱涝灾情，成群结队的男女老幼就到山神庙里烧香求神保佑。

注：据清乾隆二十四年《遂平县志》记载，平果朵，平衍可佃，上有真武庙，旁有二祠，水常不竭。”

第五节　谁长高谁应哥

相传很久很久以前，在嵖岈山西边十来里的地方有两座山，一座叫平果朵，一座叫尖山。有一天，尖山对平果朵说："喂，从今儿起咱俩比试比试，看谁长得高，谁长高了谁应哥，怎样？"平头垛答应了尖山的要求："中。"

从此，它俩开始往上长了。尖山自以为自己总得超过平果朵，只在白天长，夜里不长，还摆出傲慢的样子，看不起平果朵。

再说那平头垛，它很不服气，白天夜里都往上长，一天天高了起来，后来超过了尖山。尖山只得叫平果朵为大哥。

一天，尖山正在睡闷觉，听见有人喊他，睁眼一看，原来是他脚下的小山叫他。忙问："老弟叫我有啥事呀？"小山说："大哥呀，咱们做了多年的邻居，今儿小弟看大哥您闷闷不乐，有啥心事，不妨给小弟说说，也许我能给你出个主意！"尖山就把平果朵比高低的事说了一遍。小山一想，就对尖山说："这好办，您可到玉皇大帝那里告他，说明原来约好只能白天长。但他不管白天夜里都往上长，犯了欺骗之罪。请求玉皇大帝派人把他从腰间砍掉。到那时，它就没你高了，你就应哥了。"于是，尖山就告到了天庭。

平果朵并不知道尖山正在使计，还在拼命地往上长。它长得越来越高，不小心顶住了嫦娥的屁股，加上玉皇大帝听了尖山的坏话，一气之下，命太白金星用拐杖从平头垛的腰间打了一下，把平头垛的上半截一下打到东南方的确山县境内，成了"落山"，也就是现在的乐山。尖山的奸计得逞了，可是它还没有平果朵高，气得它得了一场大病，身子也不长了。

后来，玉皇大帝派使臣来调查这事，才知道尖山说了假话，原来并没有订那个条件。为了教训尖山，就命太白金星用神鞭打了尖山一顿。现在尖山身上还坑坑洼洼。平果朵呢，应了大哥。它上面比较平坦，草木茂盛，玉皇大帝还派天神在它上面砌了两口井，一年四季，清水不断。

第六节　山棉枣的来历

山棉枣系草本植物，地下块茎，状似枣形，下面是须根。多生长在崖壁缝里，每年的2–3月份采集。采集后用水洗干净放入锅内须煮一天一夜，方能煮熟，即成了风味独特的美味食品。吃起来爽津绵甜，回味无穷。灾荒年间，山民便把它挖来煮熟后，拌上糠面做成窝头充饥果腹度春荒，即使就是在常年，也不愧为上等的美味。

它为什么如此好吃呢？相传在遂平县红石崖风景区歇子沟村民组南山悬崖下有一山洞叫哑巴洞。很久很久以前，里面住着一个哑巴妮，年方十七八岁。一天，上八仙铁拐李路经此地，哑巴妮向他跪下，执意恳求要拜他为师。铁拐李见她一片赤诚，用哑语安慰她，待办完事返回把她带走。俗话说：“天上一日，世上千年。”当铁拐李返回来到洞收徒弟时，只见洞中除了床铺和一个锅灶什么也没有，心中暗想，平时她吃什么呢？做饭时间到了哑巴妮到河里拾回一筐小石头，洗得干干净净，倒进锅里，添上水，往地上一坐，双腿伸到锅灶里，燃上火。只见火苗熊熊，转眼工夫饭做好了，俩腿又缩回来，原就一般。给师傅拾上满满一大碗，恭恭敬敬地递给师傅。师傅感到莫名其妙，开始品尝。嗬！入口香甜，美味可口，非同一般。师傅看她已经修炼成功，便带她走。临走时把吃剩下的石头倾盆倒在悬崖上。后来，那石头子就变成山棉枣这样的珍贵食品植物了。

第七节　马齿苋为啥晒不死

传说，很早很早以前，天上有十个太阳，晒得大地万物不能生长，玉皇大帝得知这一消息后，派二郎神去除掉这些太阳，二郎神奉命很快除掉了九个，还剩一个，再也斗不过它。他只好返回天庭，报告玉皇大帝。玉皇大帝听了二郎神的汇报说："去吧，给两座山你担着，要是撵上了，你就把它压在山底下。"二郎神领了圣旨，担着两座山快步如飞，继续追赶太阳，把太阳撵得实在无处躲藏了，就钻到一棵马齿苋底下。快嘴多舌的蚯蚓知道了，给二郎神报告说："这儿了，这儿了，这儿了。"二郎神怎么也找不到，这咋回去交差呢？一气之下命归黄泉，从此他的殉难处就成了现在的舞钢市石漫滩南岸的二郎山，现已成著名风景名胜区。

这个太阳脱险后，封马齿菜为晒不死的草，而蚯蚓因心虚脸短，从此蚯蚓再也不敢见太阳，就一直躲在泥土里；只要一出土，很快就会被晒死。

第八节　癞礓石的来历

传说在大禹治水年代，大禹途经嵖岈山地区的狮子山与象山，两山之间是自西向东的一条大河，顺河向西仔细观看，西面是大片重重叠叠的山峰，一旦山洪暴发，如同凶猛的野兽，从这里流出不知要伤害下游多少百姓。如果把它降伏定能造福于民。于是，大禹就吩咐老君赶快治理，在这里修一座大坝拦住山洪，要求一年内完成。

一向守信的老君奉命后不敢怠慢，率领人马开始动工清基。结果忙碌了几个月，白天干一天，一夜工夫，地貌又恢复了原形，转眼半年过去了，连根基还没清出来。这怎么能行呢？老君为半仙之体，后来，老君昼夜留在工地，每到人脚一定，民工们都安息了，老君就现出原形下到河里用嘴拱。

在家的老伴等得不耐烦了，做好夜饭去送饭，结果找不到人影，便放声高喊："夫君……夫君！"老君听到喊声答道："我在这儿呢！"老伴还是不见人影，她擦了擦眼睛寻声望去，只见一个庞大的怪物像疯了的大母猪，又喊了三声，一闪身躲进芦苇中窥视老君的一举一动。这时，老君走上岸来，摇身一变脱去外形成了人的模样。老伴见状，吓死在芦苇中。

老君走到老伴跟前，她再也不能复生；又看看老伴送来的香喷喷的饭菜，他哪还能吃得下，一怒之下，手捧饭罐，摔在地上，饭渣子崩得遍地都是。冷却以后，就形成了大小不同、形态各异、呈淡黄，酷像油炸的丸子一样的石头，人们管它叫癞礓石。你走遍全国各地随处可见到这样的石头。而老君一气之下命归黄泉，现在嵖岈山老君峰就是他的化身。

第九节　金沙岭上一石人

"日头出来照石人，石人头上有金银。"

说的是嵖岈山乡红石崖村西北面，有道山岭叫金沙岭，岭上的沙粒，金光闪闪，熠熠生辉。相传很早以前，10 月 15 日，槐树街庙会时，下午散会人们回家的路上，有两位老汉路遇，一边走一边聊。一个姓金的问另一位老汉："你姓啥叫啥？"老汉答曰："我姓赵，山南泌阳人。"赵问："你呢？"这位答曰："我姓金，西南山人。"说着说着来到了金沙岭下的密林中，金老汉说我已经到家了，请住下歇息一宿到家做客。赵婉言谢绝，谁知，就在这一眨眼的工夫，金老汉竟然无影无踪了。赵四处张望，周围除了茂密的树林、悬崖和崎岖的山路，什么也没有。赵老汉心想，我今夜不走了，就委屈在这儿，看你还出不出来。

漫长的一夜过去了，太阳慢慢升起。他举目观望，只见悬崖上有个像人一样的石壁，石壁的头、身、躯干分明。头部在晨光反射下，闪烁着耀眼的金光。赵老汉这时悟出，噢，莫非这就是你老金吧？

现在你若到此山，仍会欣赏到这一奇妙的景观。

第十节　歪尖山上的金佛爷

遂平红石崖生态旅游景区内有座大山，人称大歪尖山，又叫凤凰山。

相传，很早很早以前，凤凰山北侧悬崖峭壁上的半山腰里，有个方形小石洞，洞口约 40 ~ 50 厘米，石洞里有一尊金佛爷，金黄透亮，如果遇到上好的晴天，每到下午两点以后，站在半山腰向上看，金佛爷还会不时放射出耀眼的光芒。有一天，被一个放牧小伙子无意中发现。他仔细观察觉得奇怪，为啥那又高又陡的石崖上会有这奇迹？傍晚他放牛回到家里，就把这个秘密告诉了同村的几个青年小伙儿，几个人听了都感到神奇，第二天便一起到此观看，果然如此，断定是稀世之宝。

他们边看边想，如果把它弄到手，以后咱吃穿花用就不用发愁了。可是几百米高的悬崖咋上去呢？经过苦思冥想，认为只有一个好办法，就是几个人在崖下面，再由几个人上到崖顶上。上面的人将绳子放下去，用绳子系着一个人的腰，借助上面绳子的牵拉、攀着悬崖去取这件宝贝。

众人主意一定，说干就干。他们带着十几盘刹车绳（麻绳合拧的粗绳，直径三至四厘米）和自制的保险带，兵分两路，有上山顶的，有走山下的，各自来到预定的位置。山顶的人放绳索，下面的人用绳子束好腰；上面的几个人开始拉。他们拉呀、爬呀，爬呀、拉呀，眼看快要到洞口，就在伸手似乎可以摸到金佛爷时，只见洞里跑出来一群白老鼠，跳到绳子上就咬，把绳子咬得咯吱咯吱的响，眼看绳子就要被老鼠咬断。如果绳子一断，人就会从几百米高的悬崖上摔下来，别说生存，连个尸首也难找着。上面的人只好赶快松绳，把人放下来。哎！奇怪，当人一落地，绳子上的白鼠竟然全无踪影，而绳子仍完好无损，还是原来的老样子。因此，后人再也没有谁敢去取它。所以，古往今来，这尊佛像一直安稳地端坐在洞中。

第十一节　李少白忌打狐仙

红石崖境内有座山，叫狗牙山。相传，从前这山上狐狸很多，有一个打猎能手叫李少白，狗牙山就是他射猎的老战场，狐狸只要碰在他的眼下，绝对箭无虚发，准得死在他的手下。慑于李少白的剑法，剩下的这些狐狸，就不得已转移到鲍庄村东边的象山上去了。

逃到象山的狐狸没快活几天，李少白又寻迹到此。这年冬天的一个夜晚，明月当空，他拿着弓箭又上山了。按惯例，他隐蔽在一个石洞旁，窥视狐狸的动静。大约三更时分，从对面来了一群狐狸。李少白想，好家伙，这么多。当他瞄准目标，正要弯弓射去的一刹那，这群狐狸突然变成了一群仙女，一齐向他扑来，把李少白顿时吓得心惊肉战，欲跑不能，想躲又躲不开，连身子也动弹不得了。狐仙们上前像猫戏老鼠一样，缠着李少白，把他玩的死去活来，晕头转向。正在这时，庄儿上的鸡子叫了，这些狐狸才一个个化成白烟飘走了。

半死不活的李少白醒来后，仍然惊魂未定，夹着弓箭一口气跑到家里，病倒在床上，险些送了性命。从此，他发誓再也不打狐狸了。

第十二节　黑龙潭与兽窝潭

相传，在1914年，泌阳县沙河店镇局子里一班人，找了几个便壶，装满石灰，封闭好壶口，来到黑龙潭闹白鳝。只见他们把一个个装满石灰的便壶放进水里。一会儿工夫，潭水像锅滚似的向上翻花，接着咚、咚、咚响开了，这声音如雷轰顶，霎时天昏地暗，倾盆大雨直往下倒，潭水迅猛上涨。这时，从潭里钻出来一只庞大的怪物，随着凶猛的洪水以排山倒海之势直冲下来，当大水和怪物流到杨树湾北老鳖潭时，雨停了，天晴了，水也不流了，这庞大的怪物也没了。据说，这怪物钻到潭中石洞里去了，从此再也没见出来过。后来这个老鳖潭，又叫作兽窝潭。

第十三节　莲花山下凉水寺

金秋时节，野菊飘香，天高气爽，清新宜人。我们几位好友相约去追寻莲花山和凉水寺。

莲花山位于800里伏牛山东麓，遂平县嵖岈山镇赵庄村，原781矿西侧，海拔六百多米，东西走向，山峰连绵起伏，酷似含情奔放的莲花瓣，故名莲花山。山顶呈椭圆型，又像一枚硕大的苹果，形象逼真，故称苹果垛。山虽不算高，但风光奇秀，一年四季，花香鸟语，美不胜收。古往今来吸引不少文人墨客和众多游人前来饱览山色，踏青游玩。

山北侧峡谷中有一山泉，叫凉水泉，泉水如玉液琼浆，清澈甘洌，回味绵长，饮之能美容养颜，强身健体，驱除病魔，益寿延年。

泉眼旁边有座庙，叫凉水寺。就是这一山泉和寺庙，曾流传着这样一段美丽的故事：在很久很久以前，这一带十年九旱，水源奇缺，方圆几十里寸草不长，真是民不聊生。于是，许多人只好携儿带女逃往他乡，剩下的人只能翻山越岭跑十几里外取水，勉强维持生计。

一天，天宫一仙女因触犯天条，被玉皇大帝贬到这里。她亲眼目睹这里的村民因缺水四处逃难，生活困苦，非常同情，但又没法回天庭向父王汇报旱情。该怎么办？她急得哭了起来。她哭啊哭，整整哭了三天三夜，哭得天昏地暗，最后昏过去了，再也没醒来。她的泪水顺着脸颊汇成了一股清泉，像一条小河涓涓地流个不停，流出山外，流向田野，流进村庄。从此不仅解决了吃水难的问题，而且风调雨顺，农田禾苗茁壮，连年丰收，逃荒在外的人们这才陆续返回故土，安居乐业。继续着他们春耕夏作，生儿育女的美好生活。

一天，一位樵夫担着山柴从此路过，天已过午，已是又渴又饿，腹部不时阵阵疼痛，他就只好饮用些泉水，准备歇歇再走。这时，奇迹出现了，不但腹部疼痛顿消，而且肚子也不饿了，神清气爽。后来，这件事一传十，十传百，知道的人多了，只要谁感到身子有些不舒服，或小毛病都要到这里取水试一试，结果真灵。饮罢都治好了。因此，人们都叫它为矿泉圣水。

此水从岩缝流出，是真正没有任何污染的天然纯净水。后经有关部门检测，水里不仅含有丰富的铁、钙、镁，还有对人体有益的各种微量元素，有防癌抗衰老之功效。如果腰酸背痛，身体乏力，只要喝上几口，疲劳顿消。如果用此水洗澡，身上毛病就能全部消除。如果用来沏茶，不仅美味可口，齿颊留韵，而且可清六腑之热，滋五脏之阴，实能强身祛病益寿延年。从此，人们一致认为是仙姑恩赐的圣水，取名为凉水泉，当地老百姓，为感谢这位仙姑之恩，自发捐资修建庙宇，叫凉水寺。

寺庙始建于唐朝贞观年间，坐南向北前后两院，有大殿、东西厢房、过厅，雕梁画栋，格式考究。供奉有玉皇大帝、王母娘娘、各路天神、药王、如来、仙姑、菩萨、山神、老君、东海龙王。

有和尚数人。当时，许多善男信女慕名求拜佛，请功许愿，香火不断，盛况空前。后来，由于年代久远，庙宇逐渐消失，但山下不远处龙王庙尚存，庙内供奉观音菩萨、龙王爷、老君和七仙姑诸位神像。

第十四节　连天洞的传说故事

连天洞位于遂平城西平果朵下天桥沟的东面，被当地老百姓称为对屁股洞。洞内宽阔平坦，足有500平方米，是孩子们藏猫猫、放羊避雨的好去处。

提起连天洞，这里流传着一段动人的故事。

相传几千年前，有一位年轻人，饱学经书，怀才不遇。在他年届三十又去科考时，不幸又名落孙山。回到家里，觉得自己三十而不立，前途无望，一气之下，就卷起铺盖，挑起诗书向山里走去。他发誓要读遍天下好书，做世上最好之人。他来到嵖岈山上，看到平果朵景色秀丽，风景宜人，就在靠近平果朵和天桥沟东面找到一个山洞，在那里隐居生活，潜心读书。

他离家出走时虽然分文未带，但他充分相信，就凭他这一手好字，画得一手好画，照样能自食其力，维持生计。所以，每逢山下有集，他就将字画铺在地上，“姜太公钓鱼——愿者上钩”，书画上均标名所值银两。

俗话说：“生意是搞的。”你有买，我有卖，两厢情愿。可这位书生即使有人来买他的字画，却也不说一句话，只将价钱示与众人。这平头垛下商贾如云，南来北往也算热闹，年轻人只要将书画往地下一铺，便招来不少生意。愿买就买，不买拉倒，倒也不费口舌。人们认为他虽然才华横溢，但性情孤独冷傲，就给他取名“孤独生”。

那年轻人以此为生倒也逍遥、清净。卖画得来钱换些柴米油盐，就将自己关在洞里十天半月不外出，也是常事。话说来嵖岈山上树林茂密，俗话话："林子大了什么鸟都有。"却也不假。山上自然是妖精、鬼怪的藏身之处。在这平头垛附近，有座寺院，院内有一株几人搂粗的大白果树，树洞里住着两只母女狐仙。她们均是修行了千年的精气，也有一身让人羡慕的功夫。那老狐仙经常变成人下山享受人间的快乐，不免干些偷窃与骗色之事。可她的女儿却看不惯自己的母亲，可谓是出污泥而不染。只在自己家里清净度日，绝不外出一步。这年夏天，天气奇热。身居在树洞里的小狐仙感觉到心闷气短，燥热异常，就在将近黄昏之时化作成一位妙龄女子想到山里走走看看，散散心，乘乘凉。

不知不觉她来到一座山下，却见晚霞似火，山绿水碧，小狐仙顿时被这美景所迷，不禁叹着：人间是多么美呀，自己要是人类该多好呀！能自由地行走在大自然之中，生儿育女，其乐无穷。她感叹着，走着，不知不觉来到一个山洞前，见一位年轻人坐在石块上潜心读书，还不时地低声吟诵。小狐仙再细看那书生时，只见他面如傅粉，目似悬珠，唇红齿白，细皮嫩肉，不觉春心萌动。就施展法力，轻轻地飘至书生背后，将一粒青葡萄丢在书生面前，那书生只顾苦读，哪知这些？小狐仙又可气又可笑，心里骂道："真是个书呆子，连一点人情世故都不懂！"

一直到太阳落下山去，书生才起身。原来他想起自己还未吃午饭，就合上书本准备弄些吃的。那小狐仙看他要走，竟然对自己的挑逗毫无反应，心里很不服气，就将自己手上的缠丝银镯抛向书生，正好砸在书生的背上。书生低头一看，原来是一银镯，他的眼前一亮，拾起这只银镯一看，那镯子闪闪发亮，不但做工精细，上面的缠丝花纹竟然是交缠的葡萄藤，上面的葡萄成嘟噜，翠绿欲滴，清晰可见。

书生出生在一个珠宝世家，自幼耳濡目染，其中的奥妙无师自通。他感叹道："好镯，好镯，只有皇亲国戚才有此物呀。"他抬起头朝四下巡视，并无一人，就收起银镯回到洞内煮饭去了。小狐仙在暗处暗自观察书生，见他身高七尺，英俊洒脱，爱慕之情又进一步升华，并庆幸自己将银镯抛出，就是以后再与他接近也有了借口，当下就甜滋滋地回家去了。准备明天黄昏之时，再去找他。

且说到了第二天黄昏之时，书生由于作文两篇，不禁有些疲倦，就依在石桌之上昏昏而睡。那小狐仙来到洞前，见书生正在睡觉，就轻轻来到洞内，环视四周，除了一床被，煮饭用的瓦罐和几只空酒葫芦之外，就是那摆在石桌上的书了。她抽出一本书打开一看，只见上面字迹苍劲有力，文笔通顺，字字珠玑，真是上等好文章呀，她不禁赞叹道："妙哉，妙哉。"随即施展法术，令书生进入那美好的梦幻之中。

却说书生伏在石桌之上打盹，突见一如花似玉的女子来到面前，并不说话，却随手拿起他的文章读起来，读到妙处还大声赞叹。他便走过去问道："请问姑娘为何来到我这洞中？"那姑娘抿嘴一笑道："昨日在山上游玩，将自己的一只银镯丢了，今天来找。不觉走到这洞中，不知公子是否拾到？如你拾到，请还于姑娘！那本是自幼人家送给我的订亲之物，一共两只，男方一只，女方留一只，双方以此为凭。"

书生见姑娘说着脸上泛起红润，样子娇憨，甚是可爱。就逗她说道："我并无看见，如若见到，一定给你，要是能为你找到，不知姑娘如何谢我？"

那姑娘说："若是公子能找到，我愿给公子做一天饭作为报酬。不知公子意下如何？"书生见姑娘大大方方，就想把镯子交还与她，就说："君子一言，驷马难追，请姑娘闭上眼睛。"

姑娘双眼微闭，气息娇喘，书生就从书架之上取出那只缠丝银镯放在姑娘手上，书生欣喜异常，正要拉姑娘的手，忽然洞外一阵风吹来，将书面吹得哗哗作响，书生微睁双眼，才知自己做了南柯一梦，不禁摇头一笑。可当他将目光往洞内看时，确确实实有一位姑娘正站在他的书桌前，看这姑娘正与梦中人一模一样，他心里很是惊异，莫非是遇见鬼了。他正要大叫，只见那姑娘来到他身边说："昨日在山上游玩，一只银镯丢了，不料想找到公子洞中……"如此这般，把书生梦中的情景与对话一字不差地说了出来。书生心中称奇，对姑娘疑问道："这个地方孤独偏僻，并无人家，不知姑娘家住何处？"

小狐仙答道："我家才搬到这儿，就住在山上的松林旁，因为初来乍到，又闲来无事，才四处玩玩。"书生问那姑娘银镯式样与做工及上面有些什么东西，姑娘都对答如流，一点儿不错，看来真是姑娘的，就将银镯交还给姑娘道："我将镯子还与姑娘，不知姑娘怎样谢我？"姑娘接过银镯，佯装看个仔细说："我给公子做一天饭怎样？"当下书生甚是高兴。"嗯，如果公子不弃，明天这个时候再来吧。我该告辞了。"说罢飘然而去。书生目送小狐仙远去的背影，心中喜疑参半。

且说小狐仙回到家中，见母亲将从山下偷来的钱财数好，放进一只柜子里，对小狐仙道："女儿呀，老娘今日累得很，快快给我倒一杯吴房美酒，让老娘解解乏。"原来，这吴房酒是在大山洞里所酵存，由于气候凉爽，所以绵甜纯净，入口极爽，回味悠长，但对狐仙来说，饮之会很快现出原形的。

于是，小狐仙对母亲说道："娘啊，酒对身体不好，你就不怕那千年修行得到的东西消失。"老狐仙说："自从你父亲被那可恶的猎人打死后，我就没痛快过，我的事你不要操心，还是管管你自己吧。那南岭的近日要是来迎娶你，你不许节外生枝。因为那是你父亲在世时所定的姻亲。”

老狐仙说着，接过女儿倒的吴房美酒，三杯下肚便飘飘然现回原形。一个富态大方的老妪变成了一只体面尽无的老狐狸。那小狐仙看到母亲这般景象，更加痛恨自己为什么是动物而不是人类。山中巧遇书生后，便念念不忘，思忖着怎样瞒过母亲去给书生做饭来履行自己的诺言。她想到前些时候见到自己的同类，那一家也有个女儿，当时有母亲在场，那家的主人还邀她去玩，于是她灵机一动，计上心来，准备明天给母亲如此这般说。

等到天明，小狐仙对母亲说：“娘啊，女儿这几天心里比较烦闷，想出去走走，你看如何？”“你想到哪里去呀？”她说：“先前碰到的那户人家也有一女，我想让母亲陪我一道去。”她心知母亲必定不去。因为母亲最烦走亲串户，母亲最大的喜好就是到人间去，捉弄那些愚蠢的男人来寻开心，以达到报复的目的。“你自个去吧，那一家人也还厚道，去要几天吧。”母亲说着就又出去了。

小狐仙见母亲出去了，就去找书生。一路上到处是花红柳绿，野果累累，但她无心看景，只盼早点赶到书生那里。当她来到洞中，却不见书生影踪，不禁十分纳闷，只好坐在那儿干等。只见书生洞内，布置得倒也说得过去，几幅不同凡响的字画挂在壁上。但毕竟是男人，不善理家，略有些脏乱，她见书生的衣服脏了，就拿着衣服在紧挨着洞的小溪旁将衣物洗涤干净。然后回到洞内，还不见书生，就自己弄些柴米煮饭。她发现一只米袋子里的米只够她一个人吃，盐也没了。就将就着煮了点粥，算是一餐吧。吃罢饭略有些困，就靠在书生的被子上睡了起来。

原来书生一早出去卖字画，虽然这次收入颇丰，但美中不足的是，他的一幅美人图，不知被谁偷走了。回到洞里直嚷嚷：“可恶，可恶，真是世风日下，偷窃成风。”走近床前，看到昨日来的女子正睡在他的床上，睡梦中还面带笑容，他一下子看呆了。忍不住伸手将姑娘脸上的乱发拢到后面，那女子虽是睡态，却更令人着迷。

再说那狐仙也是有意试探书生的品行，当书生进洞之时，她本已醒来，却佯装熟睡，看那公子将如何对待自己。今日看来，书生只是将自己的乱发拢起，并无轻薄之意，心想自己没有看错书生，不觉对他更加爱怜。这时，她微微睁开双眼道："我本是履行诺言，来为你做一天饭，你却不在屋内，早知你如此不守信用，姑娘我就不该再来，我这就走。"

书生一听姑娘要走，情急之下一把拉住她道："姑娘息怒，容我说明。我没有给姑娘说清楚是我的错，因为生计，每隔一段，我就要下山去卖些字画，换些柴米油盐。今天也算该我倒霉，将一幅美人图丢了。"

"你这行僧般的屋子，哪来的美人呀！"小狐仙打趣他道。书生说："就在我的眼前，就有一位大美人。那幅画，还是姑娘走后，我一时兴起所画，也算是我的得意之作，本想卖一个好价钱，不想被贼人偷去！"

小狐仙一听面带愠色，假意怒道："想不到公子竟是这么一个无耻小人，我本想公子志远高洁，不料竟拿本姑娘我来卖钱，那不是有意轻薄我吗！"

书生一听，不知如何是好，站在那里不知所措。小狐仙见他老实，不忍心吓着他，就"扑哧"一笑说："亏你还是个男子汉大丈夫，也那么小肚鸡肠，我是有意捉弄你。"书生听了这话才转恐为喜。

且说那小狐仙履行了诺言，给书生做了一天饭，书生心里非常高兴，觉得自己能有这等飞来的福气。想自己十四岁开始科考，却屡考不中，到今年三十有余，不但无缘官宦，而且仍然孤身一人，落户荒山，可恨原先所定亲的那户人家，好高骛远，嫌他没前途，就退了婚。不想自己来到这深山里却能遇到如此佳丽，真是万分有幸啊，一夜间好似金针刺进莲花蕊，欢欢乐乐到天香。

第二天吃罢早饭，小狐仙来到正在用功的书生面前告辞道："公子，姑娘也该回去了。"公子站起身来，对姑娘恋恋不舍，情不自禁地和姑娘紧紧拥抱在一起。想起昨晚二人同居一夜的滋味，让他们无限陶醉。

且说这姑娘嘴里说着要走，心里却怎么也不是滋味。公子走过去，紧紧拉着姑娘那嫩笋般的双手，不知怎的，一向才华横溢，出口成章的公子，却什么话也想不起来了。小狐仙见公子的窘态和恋恋不舍，料到了书生的心，就伸手轻轻拿掉公子的手说："公子，若是有缘，定有相会之日，请公子记住。还是安心读书的好，我告辞了。"

小狐仙回到家中，面色绯红，一眼看上去，就是一位怀春少女。那老狐仙是何等狡猾，她见女儿回来后神魂颠倒，一点儿也不像平时的天真活泼，必然心存疑窦，便问女儿道："女儿，你有啥心事，是不是碰上什么不顺心的事？"小狐仙掩饰道："没啥事，只是走那么远的山路，又要躲避猎人的枪眼，走得心跳脸热。"老狐仙见她不肯说出实情，就不再追问。她拉着女儿说："来来来，我今个偷得一幅画来，画上有一美人，我觉得很是像你，就越看越爱，趁着那呆子正在读书，就顺手牵羊拿走了。"

老狐仙摊开画来，上面赫然一位美人，轻纱细挽，站立云端，唇若点朱，花容月貌，好一位美若天仙的人儿啊。小狐仙照照镜子，又看了看画，那画中人果然与自己毫无大差。心里惊道："难道这幅画就是那位书生所丢？怪不得他生气呢。从这幅画和一天的相处，看得出他对自己的喜爱。"她又怕弄错，就又问母亲："那卖画之人，是什么样子？"老狐仙道："卖画之人是一个穷酸书生，人称‘孤独生’，听说就住在这山上，长得倒还清秀。你问他何干？”小狐仙恐母亲有所察觉就说：“我随口问问，别无他意。”就拿着这张美人图挂在自己屋内。天天看，越看越爱，如痴如醉。

且说小狐仙越看越爱，越看越迷，越看越想那书生。这一天，小狐仙终于按捺不住对公子的思念之情，就对老狐仙说：“母亲，我想下山去买些针线，做件衣服。”母亲说：“你要什么，不用枉花钱，我带给你就是了。”姑娘道：“只怕娘捎的，不中我意。还是让我去吧。”老狐仙想这孩子平时对自己百依百顺，今儿个却言出不驯，心里就有怀疑，再加上她自从上次回家以后，见她就魂不守舍，其中定有原委，不如将计就计，让她自己去，我跟着暗访就是了。

想到这里，老狐仙佯装答应道：“好吧，你自己去也好，但要小心才是。”小狐仙见母亲答应，一颗心早已飞向书生那里，就向书生的洞中走去。可恨那老狐仙在后边跟踪而至，小狐仙还自以为得计，认为自己能瞒天过海呢。

小狐仙来到洞中，看见书生坐在那里发呆，就喊了声：“公子。”书生抬起头，赶紧放下书说：“啊，你让我想得好苦啊！这一个月来，小生茶饭不思，夜不能寐。”说着痴痴地看着女子。小狐仙说：“我今个到姨妈家去，特地拐这儿看你。”书生说：“难得你想着我。”

不想两人正在柔情蜜意之中，忽然听到洞外“哈，哈，哈”一阵大笑：“好一个会撒谎的小狐狸精，说什么去买针线，哄骗老娘，想瞒住我来这里偷情。”

书生和小狐仙赶紧出得洞口一看，原来是前些时候在自己画摊上买画的老妪，要不是她胡搅蛮缠，自己的那幅得意之作，岂能被人偷去？想她这么大年纪，怎么能到得我这里？书生正疑虑间，那老妪又道：“小狐狸精，赶快给我回去。想不到你背着老娘到这里吃野食，下个月定让你嫁到南方。”

书生再看那姑娘，面色苍白，身子微颤，忍不住扶了她一把，问道：“她是你什么人啊？”小狐仙说：“她是我母亲。”说着头也不回地跑了，那老妪将拐杖捣地道：“尔若再敢与我女儿来往定不饶恕。”书生眼睁睁地看着小狐仙消失，心情如坠万丈深渊。

且说小狐仙回到家中，老狐仙凶相毕露：“我已用千里传音的功法通知你的夫家，让他们择日就来娶你，三天后就到。”那小狐仙顿时傻了眼，她求母亲道：“娘啊，请你宽限些时候不行吗？您自己一人在这儿，我也不放心，况且女儿年幼，还不到及笄之年，请母亲念在爹爹早亡的分上，让女儿多陪陪母亲。”

“哼，该死的小蹄子，别拿着你爹当挡箭牌，尔若是顾念你爹，也不会和异类来往。想你爹被人一箭穿心，惨死在北方的大森林中。人类才是我们永远的仇敌。怪不得你诡诡秘秘，原来是和那个穷书生来往。姑念你是初犯，权且饶你这一回，如若再让我发现，定不轻饶。”

小狐仙听母亲说罢，她失声痛哭，为爹爹，也为自己。那书生有什么错？自己有什么错？我还甘愿做一个人呢。哭着哭着睡着了，当她醒来时，发现门已被母亲所封，而屋内食物一应俱全，看来母亲是把她软禁起来了。

小狐仙虽是动物，与人异类，但心地善良。殊不知，她从生下来就将母亲一部分千年修行的正果遗传在身，也是俗话所讲的胎里带吧。于是，她施展法术，将大石移开，又将大门封成原来的样子，走出树洞又找那书生去了。

小狐仙见了书生，泪流满面，她拉着书生的说：“我本是只狐狸，只因仰慕公子人品，甘愿侍候公子一生，不知公子是否嫌弃？”书生百感交集，想自己学富五车，才高八斗，却从来无人同情我，理解我，今天遇到的知音，竟然又是异类，伤心之余又无不欣慰。就说："我不会嫌弃，我不想考状元了，愿和你粗茶淡饭，共度一生。就和我一块儿回家吧。我家住在杭州西子湖畔，那里风景也很美，以后，我们俩深居简出，恩恩爱爱，过一辈子。"小狐仙说赶快收拾行李，事不宜迟，如果让母亲发现就晚了。

再说那老狐仙下得山来，心里突然惴惴不安，预感必有不祥，就又回转山上。但她没有回家，而是直接去了书生的洞里。不出所料，那老狐仙果然看见他们俩抱作一团，哭哭啼啼，不禁怒火攻心，说时迟那时快，老狐仙一把将女儿拉出洞外，右手一挥将平头垛上另一座高山拦腰斩断，把山门封了个严严实实，可怜那书生命里也该有此一劫，想必只有一死了。

小狐仙见母亲心狠手辣，将洞口用大石封住，就拼命挣脱母亲的魔掌，忽地回到洞前放声大哭："我的郎啊。"那老狐仙冷笑一声，心想：看你有多大的本事，能将那洞口前的石头挪开。唾骂了一声"没良心的"，就怒气冲冲地走了。

小狐仙在那里哭得是悲悲切切。约摸过了半个时辰，小狐仙停止了哭泣，心想：哭有什么用？倒不如自己动手把洞挖开。于是，她施展魔力，先将石头击飞，然后用手去挖。但毕竟自己道行浅薄，挖了一会儿也没有挖多少。

常言道：自古山上多仙家。小狐仙在那里蚂蚁搬家似的挖土，当地土地爷早已看在眼里，非常感叹，想那书生也该有这一劫难，过了这一关才能飞黄腾达。他当下召集山上众多仙家、山神，要他们助小狐仙一臂之力。俗话说："强龙不压地头蛇，土地爷之命哪个敢违？"众仙家就纷纷出来，一齐来到洞前施展本领。却发现小狐仙已身心交瘁，现出原形，气息奄奄。再看众仙家，齐心合力，施展法力，将这个大石山凿开一个洞，等到他们冲进洞时，却见那书生躺在那里，双目紧闭。众仙家将书生挪出洞外，土地爷说："这个人日后是保家卫国的大将，很有作为，望众仙家使出看家本领将他救活。”于是，众仙家齐心协力朝书生吹动仙气，少顷，书生便略有所动，众仙大喜，然后又将已浑身冰凉的小狐仙放到书生跟前，看看书生已无大碍，就告辞土地爷各自回去了。

且说那书生的三魂六魄，就好像被什么推着一样，飘飘荡荡又回到身上，他睁开双眼，却见原先的大洞已被挖开，看上去像两个背靠背的洞，而身边躺着要和自己一起私奔的女子，血肉模糊，不省人事。

原来，众仙家怕那狐狸原形吓着书生，就使出法术，又将现了原形的狐仙变成女子。公子抓起小狐仙冰凉的双手，只见上面鲜血淋漓，指甲尽无，他不禁号啕大哭，守着小狐仙的尸体整整哭了三天三夜。

且说土地爷怕公子哭坏身子，就化作一采药老人，来到他身旁劝道：“年轻人，身子要紧，人死不能复生。我看你是个重情重义之人，你将来必定前途无量，倒不如将故人好好安葬后，再回家去吧！”

那书生见老人说得有理，就止住哭泣：“不知老先生可否将你的铁镐借我一用？”土地爷答应了。书生用那砍铁如土的镐在洞边挖了一墓坑，将小狐仙精心安葬。为了不让她母亲来盗挖此墓，就没有作任何记号。书生收拾行李与书籍，回到南方老家去了。后来听说书生当年应试，一举成名。那老狐仙见女儿已死，心中不免后悔，就撞死在洞外，暴尸荒野，无人过问。

后来，人们把这个洞称为连天洞，因为它惊天地、泣鬼神。所以，当地的平果朵人又诙谐地叫它对屁股洞。

第十五节　天桥沟的传说故事

站在遂平县赵庄村平果朵山上眺望，葱绿浓郁的橡树林，将整个大山穿上了绿装，远看有着轻纱一样的薄雾，把整个连绵的山脉衬托得秀丽、庄重。平头垛一带的儿女们就是在这样美好的环境之中生息着，这里积淀着厚重的历史文化底蕴，流淌着平头垛人无尽的聪明智慧、鲜为人知的生死爱情、平凡琐事及生活的点点滴滴、酸甜苦辣。

当我们将目光从连绵的群山收回，从平果朵向西北望去，你就会看到平果朵上的又一个景点：天桥沟上天桥凭空而架，天然而成，将两座小山搭连在一起，看不出有一点精雕细凿。从古至今，腥风血雨，风和日丽，是大自然将它斜吊在此山西北。每当雨后初霁，它像长虹一样艳丽多姿，让人浮想联翩，不禁让人想起这座天然石桥所蕴藏的往事。

相传很古的时候，平果朵西南面的大柴沟南，住着一户赵姓人家，家中有一独生女儿。中年得女的夫妇，对她呵护备至。因他们的女儿出生在春天，正是草木复苏、万象更新的时节。所以，略通文墨的父亲就给她取名叫玉儿，此意是愿自己的女儿如人间璞玉、灵秀俊美。

山里人家靠山吃山，以打猎为生。这里山林茂盛，水源充足，野猪、野兔、野鸡更是成群结队。人们与自然融合在一起，和睦相处。赵家又通晓文字，还擅长经商，经常将一些兽皮卖与外地客商，以贴补家用，生活过得殷实富足。

眼见玉儿渐渐大些，男主人便教她认字，女主人教她持家之道。随着年龄的增长，玉儿出落得如花似玉，体态丰盈。由于山里人多离群而居，因此，就没有其他农村常见的繁文缛节，大山给玉儿提供了最好的玩耍场所。使她在大自然的怀抱里无忧无虑地生活着、成长着。转眼间玉儿已经到了二八年华，却还是一个天真无邪、不谙人间世事的少女。

春华秋实，风调雨顺，玉儿的父亲，这年秋天猎到了许多兽皮，他们夫妻两个将这些皮子翻晒好，等着皮革商人来收货。皮货商是一个南方人，儒雅清癯，透着南方人特有的精明。原先，皮货商说好九月九这天来到，于是，夫妇二人一早便起床洒扫庭除，准备停当，等待着商人的到来。玉儿贪睡，日上三竿方才醒来，母亲调笑她说："秋眠不觉晓，玉儿该起来了。"羞得玉儿坐起身拉着娘的手不住地摇。母亲帮她换上新做纱罗裙，并在头上插上了父亲从北方带回来的绢花，直把玉儿打扮得美丽俊俏。

吃罢饭的玉儿闲来无事，就对母亲说："娘，我上山采红果子去啦。"母亲收拾着屋子说："去吧，早去早回，可别让山中的狐狸精迷住，早点回来！"玉儿知道母亲在打趣她，就笑着转身走了。

玉儿在山上采罢果子，略有些累和热。她瞧着这四处无人，就将领口解开，用丝帕沾些水来洗一洗香汗淋漓的脖子。山泉带着深秋的落叶潺潺流过，河水清澈见底映着玉儿满月般的面庞。玉儿悠然地戏弄着水，忽然"扑棱、扑棱"一阵声响，又"嘭"的一声，不知一个什么东西落在玉儿面前，溅起的水花打湿了玉儿的粉色裙衫，也将玉儿吓了一大跳，她定睛一看："啊，一只斑鸠。"她失声道，一支箭正穿过斑鸠的翅膀上，殷红的血正从伤口流出来。玉儿不顾自己的仪态，踏水跑了过去，将斑鸠捡了起来，看着斑鸠痛苦的模样，玉儿的心也跟着颤抖。

玉儿从小与大自然为伴，从不伤害小动物，看到流血的斑鸠，她的眼睛湿润了，是谁这么缺德呀！玉儿正要小心地将那箭拔出，听见有一阵急促的脚步声，她回头一看，是一位白衣少年，手提一张弓正向这里奔来。玉儿想，哪里来的野小子？只见那少年浓眉大眼，身材高大，走到近前，少年人一眼看见那只斑鸠正拿在玉儿手中。少年人见她是个妙龄女子，长得靓丽可人，就如那画中人一般，心里不免一震。他向前一步，躬身施礼道：“姑娘，你手中的那只斑鸠，是小生所射，请姑娘还给小生。”

泼辣而又不拘束的玉儿道：“呸！我看你也是知书达理之人，却无一点爱怜之心，瞧你，射杀了一只公斑鸠不当紧，连它的伴不出一天也要死去，它们是分不开的。”玉儿的一番话说得那少年的脸由白变红。少年心里暗想，真是一个女孩家，天生的一种母爱情怀，心地如此善良，谁要是能娶她为妻，真是上辈子上修来的福气。于是他又躬身一礼道：“多谢姑娘指教，在下只图一时高兴，并不注意这些，请姑娘见谅。”

玉儿听那人说话通情达理，气也就云消雾散。姑娘看他身材虽然高大，但却不是那粗鲁之人，又知错能改，不免心里产生了爱慕之情。看他的打扮并不像是本地人，似初来乍到。于是，玉儿问道：“你来到我们这里，得守我们这里的规矩，不能乱杀生灵，看你年纪轻轻，要积点德才是。这样吧，你把这箭从斑鸠身上拔出，下山给它上点药，还必须把它救活。”调皮的玉儿想为难他一下，也算是对他的惩罚。看着那奄奄一息的斑鸠，玉儿怜爱地抚摸着它的羽毛。

白衣少年伸手接过玉儿手中的斑鸠，将箭轻轻拔出，那斑鸠扑棱着膀子痛苦地挣扎着，玉儿心疼得闭着眼睛。等她睁开眼的时候，却见白衣少年从口袋中摸出一个小瓶，并将白色的粉末轻轻地撒在斑鸠的伤口上，又从腰中解下一根白色的丝汗巾，将斑鸠的翅膀子包裹好后，交给玉儿说：“姑娘，这样行了吧？”

玉儿本想他肯定不会有伤药，一定会下山去求“神医王”，从这里下山至少也要半个时辰，心里是想难为他，但没有得逞，心里略有一点酸意，怔怔地站在那里。

白衣少年只当玉儿心里还存有芥蒂，就对玉儿说："姑娘，我这药是从大理带来的上等创伤药，不消两天伤口便会痊愈，请姑娘放心。"玉儿这才醒过神来，却见白衣少年直盯在她的脖子上，这才想起刚才洗脸解开的衣扣，慌忙将斑鸠塞到少年人手里，背过身去，将衣扣扣上，脸上泛起了一朵红云。这少女特有的娇羞，将少年人看得如醉如痴，玉儿嗔骂了一声"呆子"，转身提起篮子回家去了。

玉儿回到家里，她娘说："来，今天咱们家来了客。去打个招呼。"玉儿问道："是谁呀？"玉儿娘道："杭州来的朗伯伯。""我又不是没见过他！""难得咱们家一年来几个客人，作为晚辈见见长辈，也是应该的呀！不要耍小孩子脾气。"玉儿娘拉着玉儿的手来到正屋。

玉儿的爹爹正和客人说话，见玉儿过来，忙对玉儿道："来，玉儿见过你朗伯伯。"玉儿上前施了一礼叫道"朗伯伯好"就退回到母亲身旁。朗先生慌忙站起身说："令千金几年不见，长成大姑娘了。真是快呀！咱们都老了。几年前，我来这里时，玉儿还正流鼻涕呢。"一句话，说得大家都笑了，玉儿不好意思地将脸藏在娘的背后。朗伯伯道："今日来得仓促，也没给玉儿带什么礼物，改日我下吴房城里，再给玉儿带吧。玉儿你想要什么呀？是胭脂呀，还是衣料呀？"玉儿说："我什么都不要。"说着跑到自己房里去了。

玉儿回到自己房里，心里才想起那只斑鸠："哎呀，忘记带回来了，那人不知会不会把它扔掉，好可恶呀。看我这记性。"一想到自己刚才的失态，玉儿的心直跳。玉儿长到十六岁，只跟自己的表兄妹在一起玩过，还从来没有跟外人有过接触。不想，今日和一个陌生人相遇，就出现这样的窘态，心里自是害臊不已。

当玉儿今日又想起见到的那位白衣少年，不知不觉地脸又热起来，多么高大英俊的男儿呀！玉儿揽镜自照，镜中的玉儿脸上如涂了胭脂，两只清亮的大眼睛更加温润动人，还有那樱桃小口，唇红齿白，自己心里有一种说不出的情怀，那么让人心跳。玉儿啊玉儿，从小生长在山里，长到花一样的年纪，正是情窦初开之时，也难免有些心烦意乱。再说山里不像平原，玉儿的娘也没有给女儿说过这儿女情事，只想着玉儿还是个孩子。玉儿想着想着，加之在山上采果子有点累，就倒在床上睡着了。

俗话说："人睡如小死。"已入睡的玉儿飘飘荡荡来到了山上，但见花红树绿，泉水潺潺，玉儿正在那水中对影自怜，忽然一个少年来到自己身旁，开口叫道："娘子，你让我找得好苦呀，咱们回家吧！"玉儿的脸刷的一下气白了。那不是林中碰到的白衣少年吗？"呸，谁是你的娘子，睁大眼睛瞧着，我叫玉儿，还没有人来提亲哪，你是哪里的？"

"姑娘，我真是你的夫君啊。你瞧，这是月老给我的红线，说是关关雎鸠，在河之洲，窈窕淑女，本是我逑，我们是生来注定的姻缘，请娘子等着我来迎娶。"白衣少年说完飘然而去。

玉儿懵懵的正要叫住他，可一转眼就不见了。梦中的玉儿急得泪水满面，却不知怎么是好，但见四处一片漆黑，不由地害怕起来，大叫一声："夫君，慢走，等等我。"当玉儿睁开双眼，却是黄粱一梦，就讪讪地笑起来。忽听大门响处，有一个人进来就嚷："大叔，你们这里的人好厉害呀，连打猎也不让。"男主人走出门来说："哟，是谁不让俺的乾坤打猎呀？好啊，乾坤，好箭法呀，打中了一只斑鸠。"乾坤笑道："是说着玩。没人惹我，打了一只斑鸠，让一个姑娘看见了，挨了骂呗。"玉儿的娘说："哪里的女子这么大胆呀，敢说我们家的客人？"

就在这时，玉儿带着惺忪的睡眼走出屋门："呀，就是她啊！"乾坤指着玉儿说。大家都明白了，朗先生说："啊，赵兄，都是小儿冒失。乾坤快快过来见过你玉儿妹妹。这就是我给你常说的大叔家的千金呀！”那乾坤脸一红对着赵大叔、赵大婶说：“小侄不知，请大叔、大婶、妹妹原谅。妹妹，我叫朗乾坤。”

玉儿心里一惊，愣愣地站在那儿，不知如何是好。难道他就是梦中的夫君。玉儿为了掩饰窘态，一把夺过那只斑鸠说：“瞧，好好的一只斑鸠，让他给射得半死……”玉儿娘知道自己女儿的脾性，气不出完，心不平静，就打圆场道：“不打不相识，去去，你们俩玩去吧！”老人们回屋去了。乾坤一看老人都走了，才慌忙小声说：“妹妹，谁晓得你是玉儿呀！请妹妹饶哥哥这一回。”

且说吃罢午饭，玉儿和乾坤就再无陌生之感。当晚朗先生父子就告辞住到北山一个小客栈，虽然赵大叔尽力挽留，但朗先生考虑到自己带着儿子而来，还是避嫌为好，就没有住在玉儿家。赵大叔是一个爽快之人，因要出货，就没有时间陪他们父子到处游玩。朗先生自不必说，来这儿又不是第一次。可他的儿子却是第一次来到这里，对这里的一切感到新鲜。赵大伯就说：“乾坤贤侄，大叔较忙，没有时间陪你，你看，这样吧，有空让你玉儿妹妹陪你到处走走，怎样？”这下正中乾坤下怀，他没有思考就答应了。可见那赵大叔也是个不会拐弯抹角的人，并没把自己的女儿当大姑娘看。

朗氏父子二人走着聊着，乾坤虽是娇生惯养，但学业有进，知书达理，颇得朗先生的欢喜。朗先生一心想让儿子继承父业，那朗乾坤虽然有上进之心，无奈他年少不谙世事，又有些贪玩好动，这次让他来，一是让他观赏风景，各处走走，散散心，二是让他学学经商。明天，他还要去吴房城钱庄兑换些钱币，等几天，山里几家猎户将货打点好，雇上车马就回去。他对儿子虽然比较严厉，但因为就这么一个儿子，或多或少也有些骄纵。而儿子并不因为他父亲的严厉而疏远他，心里有什么话总愿对他讲。

二人走着走着，乾坤就开口道：“爹，那赵家妹子好像在哪见过，却又记不起了。”朗先生道：“那赵家妹子虽不是大户人家的女儿，却出落得像一只金凤凰，不像世俗的女子扭捏作态，又识字会持家，不知谁家会有福气娶得此女啊！”

“爹，倒不如你就找个媒人，给儿子娶回家怎样？”朗先生被儿说得一愣一愣的。朗先生笑骂道：“冒失，冒失，亏你想得出。”儿子的话也让朗先生的心颇不平净，那赵氏夫妻为人厚笃，心地善良，也不失为是很好的亲家。可南方与北方相隔千里，只怕他们不肯成就这门亲事。唉，还是做了这笔生意再说吧。乾坤虽然人高马大，英俊飒爽，风流倜傥，但毕竟涉世经验不足，还是先让他学些本事以后再说。就这样，二人心照不宣地回到了客栈。

第二天，天不亮，朗先生就找了车马进吴房城了。乾坤送走父亲无意再睡，就起身洗涮完毕，兴致勃勃找玉儿去。再说玉儿在床辗转反侧一夜没有合眼。只要眼睛一闭，那乾坤的音容笑貌就在眼前，挥之不去。等到母亲忙完事来到玉儿屋中看她是否睡着时，虽见她面如桃花，但精神似有恍惚，就有点不放心地问：“玉儿你哪不舒服啦？让娘瞧瞧。”她将手放在玉儿头上，并不见有半点发热。玉儿长这么大哪天夜里不是睡得很香？女儿大了，心思不可捉摸。难道是……朗公子仪表堂堂，玉儿虽然没有闭月羞花之貌，但配上那朗公子也绰绰有余。玉儿娘看着假寐的女儿，又给她掖把被子就吹灯出去了。床上的玉儿心里想的还是那朗郎乾坤，他明天会不会来找我？如来找我，我去不去呢？梦中的情景又出现在她的脑海里，可怜情窦初开的玉儿，强数着床上的雕花床顶，才渐渐睡去，直睡到朗乾坤进来。

“赵大婶早。”乾坤打着招呼，进了院子。大婶赶忙说：“早啊，你也起这么早，年轻人爱贪睡，怎么不多睡一会儿？”朗乾坤撒了个谎道：“乾坤睡觉有个毛病，择铺，所以睡不着，就早起了，妹子呢？”“你妹子啊，还没起来呢，你先坐，我去叫她，吃罢饭你们兄妹二人再去山里玩玩。”大婶说罢，就叫着：“玉儿！玉儿！快快起来，你乾坤哥哥来了。”玉儿慌忙掀起被子，拉开帘子一看，才见天色大亮，就慌忙起床，然后梳妆打扮，自不必说。

且说他们二人吃罢早饭，便一同来到外边，乾坤耐不住寂寞问道：“妹妹，我们到哪里去玩呢？”“去大柴沟吧，那里有很多好吃的。”玉儿兴致勃勃地说道。

“就知道吃，当心成了个胖子，嫁不出去。”

“你才嫁不出去呢，我已经许配人家了。”玉儿说者无心，乾坤却是听者有意。这一句话说得乾坤目瞪口呆，他心里咯噔一下，凉意顿时涌遍全身。

山上秋叶金黄，只有那山里红子、黑紫葡萄、野山楂红得透亮，它们就像一盏盏小红灯笼，点缀得这大山流光溢彩，可乾坤一路上却无心欣赏。玉儿伸手摘了一串紫红的葡萄说：“你尝尝这野葡萄，可甜啦。我们大柴沟这儿山果可多了。”

“不想吃，太酸。”

“尝尝嘛。不吃咋知道葡萄是酸的呢。”

乾坤禁不住去接葡萄，可他正看见有一条藏在葡萄藤下离玉儿就只有二尺远近的大蛇，口吐蛇信，对着他俩露出呈攻击状的凶相，乾坤不敢喊，他怕一喊又惊吓了玉儿，惊吓了那足有丈把长、手腕粗细的大蛇。这时，他如果手中有箭，一箭射在蛇的七寸上，它是必死无疑，但出来时玉儿妹妹特地不让他带弓箭，说是怕他伤害小动物。虽然这种蛇在南方见得多了，但现在唯恐玉儿妹妹受到伤害，乾坤的那颗心不禁怦怦直跳。

且说朗乾坤在小时候，爹爹为了他强身健体，就给他找了一位习武师傅，这位师傅又通晓治蛇咬医术，他见乾坤心胸坦荡，骨骼清奇，就倾其所学尽数地教给他。这时的朗乾坤真是艺高人胆大，他一把将玉儿搂了过来，快速用右手抓到蛇的七寸，猛的跳离玉儿有两丈远近，将蛇身往地上一摔，抓起一块大石头砸向蛇的七寸，那蛇还没有喘过来气来，就一命呜呼了。

玉儿呆呆地看着这一切，她又惊又怕，靠在一棵橡树上。见乾坤那利索的身手，又不禁对他刮目相看。

且说乾坤打死那条大蛇，径向玉儿走了过来，玉儿不由地扑进他的怀里，叫了一声："哥哥，我怕。"

"怕啥，在南方我见得多了。"乾坤说着，用手轻轻地拍着玉儿的背，安抚着她受惊的心。玉儿仰起她那娇媚的脸，由于受了惊吓，两只眼睛就像两只黑葡萄，望着乾坤。

乾坤一只手拉着玉儿的手，心里有说不出的幸福。好个朗乾坤自幼在家无拘无束，口无遮拦，见玉儿投入他的怀抱，一股少女的体温霎时涌进他的全身，他再也克制不住了，就轻声地对玉儿说："玉儿，嫁给我好吗？"

玉儿伏在他那宽厚的胸脯上说："你在梦中不是已经求过婚了吗？就是我愿意，还有爹娘呢！"

乾坤说："我啥时梦中向你求婚了？莫不是玉儿妹妹吓昏了头脑？"他忍不住又问玉儿道："你说在梦中我已求过婚，这作何解呀？"玉儿羞得满脸通红，向乾坤说起了昨天晚上做的那个梦来。乾坤调笑说："那真是我们命里有缘，好事天成，快快嫁给我吧，省得别人把你抢走。"

玉儿和乾坤虽然自幼受到父母的呵护，但那时享受的爱只是父母之爱，而今这种青春的儿女之爱。如果说当年的父母之爱是温馨的，那么，今日这种少男少女的初恋之爱，就越发显得甜蜜。所以，两人在一起所感受到的幸福就更为特殊。就这样，一双好儿女你的眼中有我，我的心中有你，相互传递着说不出的柔情蜜意和依依不舍。

乾坤等着玉儿魂儿稍定的时候，拉着她的手往家里走。当走到离家不到半里路的时候，两人又不约而同地停了下来，似乎在想什么，但又都欲言又止。谁也不好意思自己先开口，都想让对方先说。于是两人不约而同地说："你先说……"看到两人又同时说出，是那么的纯朴，又是那么的默契，他们二人相视击掌而笑，笑得那样甜蜜。乾坤一眼不眨地看着玉儿，玉儿将手在他眼前晃着说："又不是生死离别，干吗老看着我呀！"乾坤不说话，只笑。忽然他像想起什么似的，从脖子上取下一块玉说："这是师傅给我求的护身符，挺灵验的，能逢凶化吉，送给你吧。望你不要嫌弃。"玉儿笑着点点头，乾坤给她戴上，两人就这样厮守着、亲昵着、交谈着，直谈到金乌西坠，方才往家里赶去。

三天后，朗先生回来了。令人想不到的是，走时还是一个儒雅的商人，回来时却躺在床上，而且遍体鳞伤。

原来，朗先生来到城里，办完生意上的事正要返回山里，忽然想要给玉儿捎点东西，一来对赵家夫妇表示谢意，二来也算是给玉儿的一点礼品吧。玉儿虽然不是大户人家的女儿，可她在山里出落得一尘不染，就像那纯洁的荷花，给自己做儿媳也算是前世修来的福气。婚姻大事只可遇而不可求，若是赵老弟夫妇也有此意，那真是天意神合的好事啊。

朗先生一边走一边低头深思，不知不觉来到玉器店铺，这时有一个人走上前来说："先生，劳您的驾借个火。"朗先生见来人青白面皮，身着长衫，看着也像是一个温性之人，就没有多提防将手中的烟袋递与来人。却不知这一递一还，那人已将迷魂药抹在烟锅之上，转身离去。此药真可谓是三步倒，朗先生吸了一口，走了两步，就觉天旋地转，霎时什么都不知了。一辆脚车走近朗先生，从车上下来两个彪形大汉将朗先生撂上车，加速离去。街上虽然有来往行人众多，但又有谁敢惹火烧身呢？可叹朗先生一世精明，走南闯北，却在这小小的吴房县城栽了个大跟头。

到第二天朗先生醒来时，身上青灰色抛光缎的大衫已被剥去，所带钱物也一文不留，抢走钱物不说，可恨这乱世毛贼又将朗先生拳打脚踢一番，竟不顾朗先生的死活扬长而去。就在这时，北山一个老实巴交的猎户到城里买东西，走到城墙下，只见围着一群人。近前一看地上躺着的人大吃一惊："这不是南方来的朗先生吗？"

只见那猎户拨开人群，用手试探鼻孔似有气息，就赶紧向众人一躬身道："各位爷，这位本是南方来的朗先生，不料遇此不幸，还请好心的爷们赶紧叫一辆车来。"话犹未了，自有那快腿利索之人叫了一辆脚车，大家将朗先生抬上车子，立马拉回山里去了。

也是那朗先生命不该绝，脚车走到山下，正与朗乾坤碰个正着。原来，乾坤担心父亲一夜未归，怕是出了什么事。一早就来到山下等待，却不幸看到父亲奄奄一息。好心人一听说是朗先生，赶紧找来"神医王"把脉包扎，等了两个时辰，神医王见朗先生醒了过来，便对乾坤说："你父亲是受了惊吓与寒凉，虽被殴打过重，但脑部受损较轻，也无大碍，躺两天便会好的。"

乾坤送走神医王，坐在床边抚着父亲的手，两行热泪洒在父亲的脸上。朗先生用微弱的声音安慰儿子："乾坤，这是小事，不要挂心，我会好的。"可怜朗先生进货的银钱被掳，嘴上这样说是为了宽慰儿子的心。但自己心里却又气又恨，埋怨自己粗心大意，又恐娇儿无力做好生意，悲愤交加，又加之感染风寒，咳嗽不止，面色愈来愈不如先前了。

赵氏夫妻获悉后，立即前来看望朗先生，又见朗先生吃煎药不便，就力劝朗先生挪到山上同他们住在一起，朗先生是个耿直人，不愿打扰别人，就婉言谢道："不用了，我有乾坤在，但生意上的事还烦二位多多指点乾坤啊，我这病怕是三五天也不会好，有劳你们了。”

赵氏夫妇见朗先生意决，就没有勉强，只有每日煎汤送药，殷勤照顾，并倾其所能教乾坤打点生意。乾坤也是聪明之人，不消几天，就将账目货物打点得有条有理。每日里虽与玉儿相见，却没了往日的甜蜜。乾坤是个心胸开阔之人，并不将此事挂在脸上，一心一意做生意。每每见到玉儿欲言又止，只一双眼痴痴地望着玉儿，不说一句话。玉儿知道乾坤的难处，自从梦中见到乾坤，山上乾坤舍身相救、收受了乾坤的定情之物后，她便将自己的身心全部交给了乾坤。看到心上人的父亲这个样子，心里也不好受。等朗先生吃罢药睡去，乾坤拉着玉儿的手说：“玉儿，你看我爹的病也不像是身体上的病，是心病啊，他老人家生性要强，即使有什么困难也是不会说的。不知有什么办法可使父亲高兴起来，早日康复。”

玉儿也是一筹莫展。乾坤呆呆地看着玉儿道：“你还别说，我想出一法子。不知你是否成全，愿不愿意嫁给我呀！”玉儿扭过羞红的脸，只是一个劲儿地点头。“那就好办了，我们在这个月完婚，听说喜事去晦气，或许父亲的病能早些好。我明天就去你们家提亲怎么样？”玉儿还是抿着嘴不说话。

“不说话，就是默认！”乾坤笑道。玉儿羞怯地答道：“从那天起，我已将我的全部都交给你了，一切全部依你就是。”

就这样，玉儿喜不自胜而又心事重重地回到家中，也不知明天乾坤哥哥前来提亲，父母会不会答应，心里像有一块悬石。吃饭的时候，她心不在焉，觉得吃什么都没有味。吃着吃着，她娘叫了起来：“哎呀，我的玉儿，你看你吃的什么呀！把我给你朗伯伯蒸的艾窝窝都给吃了。”

玉儿这才如梦方醒，她还以为是娘蒸的芫荽变味了呢！

且说那天晚上，赵氏夫妇坐在油灯下闲拉呱：“玉儿爹，你看咱玉儿是不是和以前不一样，是不是有啥心事呀？”“我看不出。”玉儿爹说。“我看自打朗先生带着儿子来后，玉儿变了，是不是看上乾坤啦？”玉儿爹吧嗒着烟袋说：“好啊，好啊。那乾坤是个好男儿。自从他爹病了以后，他还真有一把刷子，把个账管理得有条有理。再说啦，那朗先生家道富足，又是一位不可多得的好人，咱同人家结为亲家，也算高攀了，只要朗先生有这个意思，我爽爽快快地就答应就是。”玉儿娘听了这番话，就调笑他：“一辈子就想着当老丈人，女儿要是嫁那么远，我才舍不得哩！”“有啥舍不得，他明天来提亲，我明天就答应，玉儿早晚是要嫁人。”玉儿娘佯怒道：“老疯子。”当下老两口就吹灯就寝了。

且说第二天一大早，玉儿提着娘给朗先生熬了一夜的山鸡枸杞汤，翻过北山去给朗先生送饭，那乾坤早已等在路口，他接过玉儿手中的汤罐说：“累了吧？”玉儿微笑着摇了摇头。用手帕轻轻地擦了擦汗。二人到得室内，玉儿就服侍朗先生喝汤。乾坤瞧着玉儿的一举一动，只觉得玉儿就是自己的娘子，难为她一个女子没有世俗的偏见，连日来服侍父亲。更加觉得玉儿千好万好，嫁给自己更好，便下决心去玉儿家单枪匹马地提亲了。当下朗乾坤提起精神，告别父亲、玉儿，大步流星地越过两架大山，直向大柴沟方向奔去。

这天一大早，赵氏夫妇吃罢饭就开始将皮货打包，一只喜鹊在梧桐树上“叽叽喳喳”一阵叫，玉儿爹说：“玉儿她娘，你听见了吗？今儿个怕是有好事上门啊！保不住朗先生要来提亲！”说罢哈哈大笑起来。走近院子的乾坤在院外就听见了赵大叔的笑声，心想，看来我来得正是时候。他们二老心情这么好，今天我的事也可能办得顺利。他推门而进，赵大婶说：“说曹操，曹操到。乾坤你吃过饭了没有？要是没有我给你打荷包蛋去。”乾坤说：

“二老别忙了，我吃过了。今儿个来想给二老商量个事儿。”赵大叔想可能是生意的事，但见乾坤一脸的庄重，就把他让进正屋里，三个人坐了下来。

乾坤等二位老人坐下，就站起身施一礼说：“今儿个乾坤有一事相求，还望二老成全！”玉儿爹说：“别客气，有话就直说吧！现在你父亲躺在病床上，有啥事，我有求必应。”

乾坤见赵大叔说话爽快，但是自己毕竟是世浅少年，这婚姻大事原本是父母做主啊，可现在父亲卧床不起，让我乾坤好生难为。想大大方方地说，又有点害羞，本来就面色红润的脸，这时更是红中透红。想来想去，罢罢罢。自己的这点小事，要是不能开口，枉为七尺男儿。当下跪在玉儿父母面前说：“我爹爹现在一病不起，可能还是心病为主，我作为儿子想让父亲早日痊愈。听说自古就有迎亲冲喜之说，我想代爹爹为自己求亲，娶玉儿妹妹……”

乾坤一鼓作气说出了自己的心里话，把二位老人说得面面相觑，还是玉儿娘反应快，赶忙过去将乾坤扶起。她心里暗暗责备道：好一个老头子，你说的应验了吧，看你个老东西咋回复。这事虽好，但也来得太突然了。玉儿在娘心里还是个小娃娃呢。

那乾坤见赵大叔只顾吧嗒吧嗒抽烟，并无什么反应，就以为赵大叔不答应，因而说道：“大叔、大婶要不答应，我就长跪不起。”

玉儿娘说：“使不得，使不得。这是大事，这样吧，你先回去，等会儿我和你大叔商量后，再给你个回话儿。”玉儿娘一席话，惊醒了沉思中的赵大叔，也算给乾坤一个台阶下。玉儿娘搀起乾坤，那乾坤就告辞回到山北。

且说玉儿在山北左等右等，等得焦急万分，坐也不是，站也不是。到了半晌看到了一个垂头丧气的乾坤回来，心里一咯噔，赶紧给乾坤倒一杯茶递了过去，乾坤无心喝茶，呆子一般坐着，想自己和爹爹第一次出远门，虽有了心上人，却也碰上了晦气事儿，真是一喜一悲，感情上的起伏跌荡让人难以承受。真是福兮祸所伏，祸兮福所倚。眼睛情不自禁地湿润模糊，但对着玉儿又不能太表露，恐怕她对自己心有微词。

正在这时，只听喊一声“乾坤”，乾坤站起身来，向父亲床前走去，将朗先生扶着坐好。朗先生对乾坤说：“乾坤呀，我的胸前好闷呀，好像有块石头。我看一时半会难好，亏得那些毛贼只抢去了身上的一半积蓄，这里还剩下这一半虽不多，但也够你周转一阵子。待这批货打点好，你就先回去吧，免得家里人挂心。这山里，空气新鲜，气候也好，这里人厚道，我先住这儿，你赶在大雪封山之前将货出手还来得及。”

乾坤对父亲说：“爹，听说迎亲能去晦气，我自己做主，已向赵大叔、赵大婶求亲，求他们将玉儿许配给我，她二老已答应于我，都愿为你去去晦气。”

听到乾坤如此之说，朗先生真是又喜又气，喜的是儿子难得有此孝心，气的是他那头脑竟然这样简单，于是，他叹口气道：“我的儿呀，你咋能这么冒失呀，婚姻大事，要慎之又慎才行啊。玉儿是个好姑娘呀，爹爹也早有此意，但是，就是娶，也要等爹爹好些，备上大礼才行呀！”乾坤接道：“爹爹，你身在病中，难道你不懂‘大行不顾细谨’吗？我虽没有给赵大叔、赵大婶拿厚礼，可我也是出于无奈呀！”朗先生心里也是有气有喜，气的是自己的冒失，喜的是儿子有眼光，有孝心，不枉自己这么多年对他的疼爱。他摸着儿子的头说：“好吧，你扶我起来，我要再亲自去一趟，至于大礼，待我身体好些再补吧。”

“爹，你莫起来。”乾坤伸手要拦，朗先生已勉勉强强地站起身来，怎奈双腿发软，又觉得头有眩晕。

正在这时，忽听赵先生在外叫道：“朗兄，快躺下，快躺下。”

玉儿爹紧走两步，一把将朗先生抱上床放好躺下，朗先生心里一热道：“赵老弟，多谢你的大恩，乾坤太冒失。你大人大量，看在我们俩多年打交道的分上，饶了他吧！”

玉儿爹见朗先生已经知道了，便开门见山地说：“朗兄，凭你我的交情，咱啥都不用再说。你今遭不幸，小弟也应鼎力相助才是。乾坤虽然冒失，难得孩子想到这一着呀，孝心难得！玉儿虽是我的独生女，从小娇生惯养，但也知书达理，勤谨聪明。朗先生您是大商贾，怕是我们玉儿没有这个福分呀！”

朗先生一听这话赶忙说道：“赵老弟呀，你多虑了，就凭我们的交情，你也不能这么说。我朗姓这一族，虽然户衍较大，但从来不讲门第。我曾祖母、祖母、母亲也都是平民家的女儿，我在她们的教导下，才有今天。玉儿虽然在山上无拘无束惯了，这也不是啥坏事，她是个难得懂事理的好孩子。若是赵老弟因为门第才拒绝这门亲事，就有些不妥啦。”

玉儿爹说：“咱也是直爽之人，有啥说啥，你有难，我来帮，没说的。两个小孩的婚事我做主，成全乾坤的一片孝心。我和你嫂子商量好了，就在这月二十九日完婚。”朗先生听到赵先生如此之说，顿时有了精神，他强自坐起身来，朝玉儿爹双拳紧抱，嗓子发热，激动得再也说不出话来……

眼看九月二十九就要来到，玉儿的娘忙前忙后，为玉儿准备嫁妆，玉儿也心花怒放，脸上洋溢着幸福的笑。玉儿娘虽然心中愿意，但一想到自己的女儿这么仓促就成了人家的人，心中也极不好受，但为了朗先生就不好再说什么。当下两家老人商定将朗先生所租的地方，暂作新房，等朗先生好后，再行大礼。

且说等到临结婚前的两天，乾坤拉着玉儿的手说：“玉儿，你们全家这么好，我朗乾坤永世不忘，决不辜负你们。”玉儿说道：“这两天我就不来了，等到那天再见吧！”

“玉儿，我会想你的，真的！”乾坤深情而又依依不舍地对玉儿说道。玉儿看看天色已晚，就告辞回家去了。

到了成婚前一天晚上，玉儿一想到明日就要离开父母，心里未免有些难受。毕竟父母养自己十多年，还没有来得及报娘的恩就要出嫁，实在过意不去。她来到的娘的面前，看见娘正在剪纸花，大红的花朵在灯光下显得十分艳丽。玉儿娘拉着女儿的手说：“闺女呀，明天就要离开娘了，你这十多年，从来也没有离开过娘一步，喜事又这么仓促，娘真对不住你啊。”玉儿娘搂着玉儿，好像玉儿立马就要飞跑似的。母女俩难舍难分，一直守到深夜方才各自安寝。

且说玉儿回到屋内，将乾坤给她的那块玉取下来，看了又看，只见那玉在灯光下透出温润的光芒，碧绿透亮，看见了它好像又看到乾坤，心里又高兴又悲伤，有一种说不出的感受。这时，玉儿忽然听见窗户呼呼作响，心里一沉，是天变了？这几天玉儿非常注意天气的变化，只盼明天是个艳阳天，毕竟明天就是自己的大喜日子。玉儿伸手打开门一看，天空黑得伸手不见五指，只听见山上的风呜呜地叫着。玉儿在外边站了一会儿，感到有些凉意，随手将门关上，正要将玉佩戴在脖子上，忽的一阵寒风袭来，将油灯吹灭。玉儿手中的玉“啪”的一声掉在地上，夜深人静，这玉碎的声音，对于玉儿来说这不啻是晴天霹雳，玉儿觉得自己的心好像被撕裂了，难道这是不祥的预兆？玉儿打着火镰子，点亮灯，往地上一看，那块玉裂成四瓣。玉儿小心地将玉捡起，脸上淌着两行泪水，她闭上眼睛祈求上天保佑她和父母，保佑乾坤一家。

第二天，天下起了小雨，等到小晌午的时候，迎亲的轿子来，玉儿穿上自己亲手缝制的红缎长裙、红缎小褂，脸上擦上了胭脂，头上别着好看的绢花，显得更加迷人。时辰一到，吹鼓手们吹吹打打，玉儿给父母深深地叩头三下。唱礼之人端出一张板凳，让玉儿踩着上了轿子。轿子刚走出大柴沟，狂风乍起，行路艰难。去北山又必须翻越两座小山，再加上路陡脚滑，难为得轿夫走三步歇两步。

玉儿坐在轿里被颠得难受极了，但一想到要和乾坤在一起，就来了点精神，只好勉强忍着。轿子慢慢走上山去，可轿夫已累得气喘吁吁。翻过山头正准备下山，忽然狂风暴雨夹杂着冰雹，砸得轿夫们措手不及。虽是深秋，在山上这种天气也有过，但都没有像今日来势这样凶猛。轿夫们相互提携，恐怕有什么闪失。说来也怪，正在轿夫准备替换之时，一个轿夫踩在冰雹上，刷地滑出一丈开外，一个猝不及防，轿子因他所牵连，连人带轿子眼睁睁滚下山去，只听玉儿一声惨叫，就什么也不知道了。等到人们下到山底将玉儿从轿中拉出时，可怜她双眼圆睁，满脸是血，气息全无，香消玉殒。

乾坤抱着昨日还花一样的玉儿，过度的悲伤，使他一下子老了许多，一副失魂落魄的样子，不言不语。玉儿的父母听此噩耗，更是狂呼不已，从家中到山上疯也似的狂奔，嘴里不住地喊着："玉儿，玉儿，我的玉儿呀，老天呀，你咋不长眼，让一个好端端的姑娘这样不明不白地离开我们，你真是眼瞎了！"

且说朗先生这几天身体略有好转，精神也比先前好多了。想到在异乡异地得到了这么多好心人关照，而且马上又要娶到这么一个漂亮又知书达理的儿媳妇，心里无比欣慰。这天他早早起床，等待着儿媳的来到，可等过了晌午也没有等到，待他听说玉儿失身落崖，又不幸遇难的消息后，霎时如五雷轰顶，随着两眼一瞪，顷刻间就这样离开人世……

不到一天，就这样两条鲜活的性命，转眼之间就消失了。它惊动了山上山下的百姓，人们不禁扼腕长叹："苍天啊，你咋不长眼啊！"第二天，两人的尸体将被掩埋，乾坤痴痴呆呆，玉儿爹娘悲痛欲绝，山上山下男女老少都不禁失声痛哭，咒骂老天。

且说这天天宫本是二郎神当值，当他巡视到平头垛望下看时，但见阴霾重重，一片哀号之声。他拨开云雾，却看一老翁、一少女两具尸体放在地上，痛哭之人还不住地咒骂老天爷。二郎神君赶快回宫将此事禀报。玉帝好不恼怒，下令将阎王爷召来。

阎王上得天庭，玉帝喝道："阎君，朕命你掌管生死大事，你却草菅人命，该当何罪！"阎王跪在玉帝面前："那一老一小本是翁媳，我的手下催命鬼本该将那抬轿轿夫之命取回，可不凑巧龙王又下了冰雹，殃及女子。那老人本是大商贾，也还有二十年的寿限，可怜他本来就被一群毛贼所抢，又碰上儿媳瞬间丧命，不经打击，才一命呜呼。想那平头垛下，道路崎岖难行，致使出现今日之大祸，该方土地也有罪过。"

玉帝听罢，随即宣土地爷进宫，不一时，土地爷上天禀道："那山路又陡又险，行走不便。是山南人去山北的必由之路，因小神无能为力，还望玉帝下旨，开出一条路来。"二郎神奏道："不知朗乾坤和玉儿该不该成为夫妻，若是不该成为夫妻，或命该如此，圣上可宣月下老人进殿，查问此事。"月下老人闻宣赶到，说朗乾坤和玉儿是他和红娘最满意的姻缘，可阎王不但把他们拆散，而且还害了两条性命，望圣上严查阎王渎职之罪。

阎王爷又羞又气地回到阴曹地府，将催命鬼打入十八层地狱。

王母娘娘听说如此这些，心中大怒，令二郎神君莅临下界，设法救活少女，以成全他们夫妻的百年之好。

且说二郎真君来到人间，见玉儿尸骨已全部毁坏，并无复活之可能。只好施展法力，将那两座山从中拦腰斩断，放在平头垛下，远远看去，像两个馒头，这就是蒸馍山。然后，二郎真君又挥动三尖两刃钢刀，仗刀执法，瞬间将两座高山，化成一座通南达北的石桥，将山南和山北紧紧连在一起。

从此以后，山南人与山北之人就通行无阻了。人们因受七仙女与牛郎天河相会之影响，又加上对朗乾坤和玉儿这段姻缘的惋惜，就将这座桥称为天桥。天桥附近被称为天桥沟，岁月弥久，天桥沟天桥依旧，它记录着平头垛下的豪爽仗义之人和曾发生的生离死别、缠绵哀婉的爱情故事。

据说，那玉帝为了安抚朗乾坤，让阎王爷给朗乾坤增加了三十八年寿限。朗乾坤活到了九十九岁，无疾而终，其生前虽是商路通达，只因怀念玉儿过重，才发誓终身不娶，故无子嗣。朗乾坤死后，人们把他与玉儿合葬一处，与他钟情的女子在九泉之下得以团聚。朗乾坤死后留有遗嘱，凡是同宗晚辈，每逢九月份到平头垛经商并凭吊玉儿及其爹娘的，均能得到他的遗产馈赠。朗乾坤一嘱九鼎，众后人纷纷响应，从那以后，凡是朗乾坤堂兄之后代，均能遵照乾坤之遗嘱，与平头垛商往不断，史至今日。天桥沟为证。

第十章 歌谣、谚语、歇后语

第一节 歌 谣

求天晴

勺子勺子挖挖天，
云彩滚到西南山。
西南山上下大雨，
咱这才是好晴天。

扫天娘娘

一扫风起，
二扫雨住。
三扫日出，
四扫太平。

盼天晴

一扫云彩散，
二扫见晴天。
三扫风雨停，
四扫柴火干。

求风扬场

风婆婆，
放风来，
大风不来小风来，
大风来了刮倒树，
小风来了我凉快，
不大不小快扬场，
呼哧呼哧擢起来。

小孩夜哭

天皇皇，地皇皇，
我家有个夜哭郎。
行路君子念三遍，
一觉睡到大天亮。

筛锣打锣

筛锣打锣，
扬场过河，
杀小鸡，
烙油馍，
不吃不吃再饶个。

筛锣锣，打汤汤

筛锣萝，打汤汤
谁来啦，表姑娘，
扤里啥，
扤里糖。
小孩吃了屙一床。

筛锣锣

筛锣锣，打面面，
问问乖乖吃啥饭？
杀小鸡，擀蒜面，
哧哧喽喽喝两碗。

小老鼠爬灯台

小老鼠爬灯台
偷油吃，下不来。
喊小妮抱猫来，
叽妞——跑啦。

母猪走路

一个母猪十八个奶，
走一步，踘三踘。
走了一百担八步，
一直踘了一晌午。

老柳树砍大刀

老柳树，砍大刀，

恁那营里兴俺挑，
挑谁？
大刀贼。

拍豆角

拍，拍，拍豆角，
一直拍到西南坡。
西南坡，好豌豆，
开的花紫溜溜，
我问大姐弄啥哩？
大姐说：
你看豆角饱油油。

板凳摞摞

板凳板凳摞摞，
里头坐个大哥。
大哥出来买菜，
里头坐个奶奶。
奶奶出来烧香，
里头坐个姑娘。
姑娘出来梳头，
里头坐个孙猴。
孙猴出来打灯笼，
一个跟头上天来。

抓膝盖

一抓金，

二抓银，
三抓不笑是好人。

嘻胡喳

嘻胡喳，
喳嘻胡，
荞麦地里刨一锄。
一锄刨到桑树上，
桑葚落的黑乎乎。
拾到包里是红薯，
吃到肚里成芋头。
屙出来是骨头，
字字句句不靠谱，
不是胡喳算咋着儿。

穷人赶集

大狼窝[1]，小狼窝，
放屁草，搅蒿稞。
扁担往那一放割六个，
担到集上卖六十儿。
这边吆喝热包子，
那边喊着热蒸馍。
我也不吃您的热包子，
我也不吃您的热蒸馍，

注：大狼窝，小狼窝，地名，也是山坳的名字，它位于遂平县嵖岈山镇红石崖村跑马山西侧。

回家还吃俺的黑窝窝。

卖眼药

眼药眼药好眼药，
点上十个瞎九个。
剩下一个没有瞎，
眼中落个棠梨花[①]。

装洋

不是洋，强装洋，
装来装去不久长。

月姥姥

月姥姥，黄嗒嗒，
小孩闹着要吃妈，
爹说割它吧！
妈说："钝刀割不动。"
快刀割着疼，
小鳖羔吃不成。

不论理

小眼迷，看粉戏，
走小路，掉坑里。
人家给他捞上来，

注：棠梨花，眼病的一种俗称，形容眼睛睁着，但眼球不会滚动，视网膜已不起作用。

他还说人家赖东西。

喊魂

床帮神，床帮神，
小孩掉魂向你寻。
乖乖，快回来！
乖乖，回来啦。

赶庙会

三月十五赶庙会，
姨娘庙里把愿许：
一求姻缘两和睦，
二求早日生贵子。
三求盖所新瓦房，
四求缸内常有米。
五求一年运气好，
六求家中有财聚。
七求村里邻里和，
八求来年子登科。
九求百病不上身，
十求年长活百岁。

瞧娘娘

大麦黄，小麦黄，
割麦子瞧娘娘。
一斤肉，二斤糖，
三个响头四炷香，

保俺年年都安康。

扫天娘娘

一扫阴，
二扫晴，
三扫百病除，
四扫五谷丰。

求子歌

娘娘庙，盖得高，
夫妻二人把香烧。
能要穿靴戴帽的，
不要脱裤子尿尿的。

保俺一家得平安

小扁食，两头尖，
下到锅里香又鲜。
端到院里敬老天，
娘娘心里好喜欢，
保俺一家得平安。

扫天歌

扫天娘娘扫扫天，
云彩流到西南山。
西南山里下大雨，
咱这还是好晴天。

补天歌

开天辟地几千年，
女娲补天美名传。
七千年前塌了天，
瓢泼大雨下不完。
淹了东山淹西山，
汪洋一片满人间。
眼看百姓遭磨难，
急得女娲团团转。
借来鳌壳炼彩石，
一心要补漏雨天。
忙了七七四十九，
还有个缝没堵严。
脚踏金莲腾空起，
最后终把天补完。
从此天下得太平，
女娲美名世世传。

拴娃娃

金莲寺，娘娘庙，
小两口，去祷告。
不求金，不求银，
只求一个白胖小。
只要你能随俺愿，
年年俺把香火烧。

娘娘庙

敲金砖，过金桥，
山上有座娘娘庙。
娘娘庙，真辉煌，
里面住着女娲皇。
女娲皇，行善多，
趋吉避凶香火旺。
南沙河，北洛阳，
庙里庙外人熙攘。
一年四季烧高香，
百里千里名传扬。

女娲娘娘显灵歌

唐修寺，宋修塔，
明清修庙把钱花，
遇到干旱也白搭。
千风寺，红石崖，
女娲娘娘显灵了。
下了一场透犁雨，
庄稼长得齐刷刷。

止风歌

风是雨的头，
风停雨就收。
公曲脸，
母曲脸，
压着风头不舒坦。

军民心连心

群山青，泉水甜，
新四军和百姓心相连。
舍生忘死为解放，
为了百姓把身翻。
您要离开这儿，
啥时能回还！

群山青，泉水甜，
新四军和百姓心相连，
帮助搞生产，
又把政权建，
粮食获丰收，
又把租来减，
您要离开这儿，
啥时能回还！

群山青，泉水甜，
新四军和百姓心相连。
日夜剿顽匪，
勇把性命献。
胜利到眼前。
您要离开这儿，
盼您再回还！
盼您再回还！

鱼水情

新四军好快活，

官兵吃穿津贴平等一样多，
军爱民，民拥军，
情同手足不差半分毫。

儿童团放哨歌

同志们，注意了，
警惕要记牢，
站好岗，放好哨，
防止敌来到，
敌人如果来侵犯，
全部把他消灭掉！

儿童抗日歌

小日本儿，
喝凉水儿，
来到中国吃炮子儿，
丢盔弃甲投了降，
各个滚回老窝去。
抗日歌，
青山情意深，
河水流不断，
人民子弟兵，
生死两相连。
为了打鬼子，
不怕流血汗，
为了得胜利，
共同做贡献。

谚　语

生活类

水流千里归大海，树叶落到树底下。

面条省饹馍费，想吃锅盔当了地。

一天省一口，一年省一斗。

儿走千里母担忧，母走千里儿不纠。

有儿常常气，没儿不气畅。

眼看千遍，不如手做一遍。

眼是孬种，手是好汉。

外面银钱大把抓，不如在家翻坷垃。

掉腿裤，当干部，把握不好犯错误。

大檐帽，两头翘，吃了原告吃被告。

吃哩怪胖，长得怪像，别着钢笔不会算账。

一福压百祸。

穷没根富没苗，一切全靠自己劳。

好汉不夜行，好天不夜晴。

鸡不给狗斗，男不给女斗。

女怕嫁错郎，男怕走错行。

小账不能细算，小事不能粗看。

不得苦中苦，难得甜上甜。

没有苦中苦，哪有甜上甜。

好对好，赖对赖，弯刀对着瓢切菜。

官寻官，民寻民，庄稼人还寻庄稼人。

人穷不说方便，人老不说当年。

穷在大街没人问，富在深山有远亲。

好汉不吃眼前亏。

吃亏人长在，破帽子长戴。

紧睁眼，慢张口。

话到嘴边留三分。

说人不说短，打人不打脸。

静坐常思自己过，闲谈莫论他人非。

病从口入，祸从口出。

人有当时好歹，天有当时阴晴。

该是祸，脱不过。

上梁不正下梁歪。

地在人种，曲在人唱。

弦不离手，戏不离口。

三天不练手生，三天不学脑空。

身正不怕影子歪。

气象类

正月十五不漏星，滴滴拉拉到清明。

正月十五云遮星，单等来年雪打灯。

二月二龙抬头，下场小雨像浇油。

二月二敲梁头，大圈满小圈流。

清明晒干柳，白面馍馍撑死狗。

二月清明老了榆，三月清明榆不老。

掏钱难买五月旱，六月连阴吃饱饭。

每月犯了初二三，一月只有九天干。

三月怕三七[1]，四月怕初一，三七初一都不怕，就怕四月十二下。

四月十二湿了老鸹毛，麦从水里捞。

注：三七即初七、十七、二十七

五月二十五，秃尾巴老仓瞧他姑。（多下暴风雨）

麦收八、十、三场雨。（八、十、三，即八月、十月、来年三月）

九月九不下盼十三，十三不下一冬干（预示一冬天少雨雪）

不怕初一下，就怕初二晴，初二太阳露一露，这月一准下个够。

十月初一，鬼不走干路。

湿湿虫[1]叫三声，不是下雨便刮风。

鱼儿跳，蛤蟆叫，螃蟹、老鳖山上逃，一场大雨快来到。

早哇儿阴（鹭的叫声），晚哇儿晴，半夜哇儿叫到不明。

水塘翻，蛇过路，三日以内雨倾注。

鸟洗澡，蜓低飞，蚂蚁搬家不停息，预示下雨不远离。

鸡上架，又择毛，像似发愁不停叫，天黑迟迟还不卧，说明一场大雨到。

燕子飞得低，很快雨淅沥。

开门起，关门住，关门不住刮倒树。

早看东，晚看西，判断一天是晴还是雨。

中午露一露（指太阳），下午下个够。

天黄必有雨，人黄必有病。

云彩东，刮大风；云彩南，雨连连；云彩北，干研墨；云彩西，关爷老母披笋衣。

勾云风，丝云雨。

逢丁必漏，逢庚必变。[2]

暴热连几天，下雨离不远。

东虹晴，西虹雨，出了南虹卖儿女。

春雾晴，夏雾热，秋雾连阴冬雾雪。

注：①湿湿虫是一种鸟的名字。

②丁、庚指甲子时辰。丁，必下雨，庚，必转晴。

大雪年年有，不在三九在四九。

冬天麦盖三层被，来年头枕馍馍睡。

日出像钻洞，当日有雨送。

日落雾云长，半月听雨响。

月亮靠北坡，有雨也不多。

星星稠又密，不久雨淋漓，星星高，旱魔到。

尖山戴帽，长工睡觉。

西南雾腾腾，必定要刮风。

刮风要下雨，下雨干不成。

农时类

打把新春阳气升，树木林梛皆发青。

惊蛰到，各种动物拍手笑。

牛巴谷雨马巴夏，遍地青草都长大。

三月三，倭瓜葫芦土里钻。

芒种芝麻夏至豆。

芒种忙，三两场。

蚕老一时，麦熟一晌。

紧种的庄稼，消停的买卖。

春争日，夏争时，五黄六月争回楼。

春前有雨花开早，秋后无霜叶落迟。

夏至五月头，不种芝麻吃香油。

夏至五月中，十个油坊九个空。

夏至三更数头伏。

七月十五定旱涝，八月十五定收成。

八月十五，刹倒麻谷。

七成收，八成丢。

想吃好韭菜，三年两倒茬。

四月芒种麦在前，五月芒种麦在后。

该热不热，五谷不结，该冷不冷，五谷不等。

头伏萝卜二伏芥，三伏里头种白菜。

七月立秋，早晚都收。

秋分早，霜降迟，寒露种麦正当时。

一九二九不出手，三九四九冰上走，五九六九满桌肉酒，七九八九抬头看柳，九九杨落地，十九杏花开。

庄稼活不用学，人家咋着咱咋着。

庄稼是枝花，全靠粪当家。

种地不上粪，等于瞎胡混。

粪是庄稼宝，没它长不好。

扫帚响，粪堆长。

地要犁得深，黄土变成金。

处事类

人哄地皮，地哄肚皮。

吃不愁，穿不愁，不会打算照样愁。

两好各一好，一好好不了。

你敬我一尺，我敬你一丈。

远亲不如近邻。

一只巴掌拍不响，互相忍让最为高。

不听老人言，必定受风寒。

嘴上没毛，办事不牢。

要想人不知，除非己莫为。

男怕选错行，女怕选错郎。

人心隔肚皮，狐心隔皮毛。

害人之心不可有，防人之心不可无。

害人如害己，害不住别人害自己。

人怕缺理，狗怕夹尾。

人往高处走，水往低处流。

一句好话三冬暖。

生意好做，伙计难搁。

性子急不能吃热豆腐。

亲兄弟还要明算账。

打虎还是亲兄弟，上阵还是父子兵。

能走十里远，不走一里喘。

朋友多了路好走。

在家靠父母，出外靠朋友。

米面的夫妻，酒肉的朋友。

维个人开条路，得罪个人打堵墙。

歇后语

一口吃二十五个小老鼠——百爪挠心。

一口吃个鞋帮——心里有底。

一口吃个胖子——急于求成。

一脚踏进秀才屋——尽是书（输）。

一口吞根筷子——肠子不会拐弯。

一幅丹青挂在空中——吊画（刁话）连天。

二百五拾柴火——啥也不啥（傻）。

二大娘的裹脚——又臭又长。

两个老头亲嘴——对胡（乎）。

三分钱买个吕洞宾——太小看人了。

三分钱掉到水盆里——我摸得清。
大年初一烧杨叶——没纸（指）。
小巴狗撵兔子——跑不能跑、咬不能咬。
水多面少——和（活）得稀。
门神里面卷灶爷——画中有画（话）。
小两口打架——常事。
小葱拌豆腐—— 一青（清）二白。
土地爷的胳膊——麻缠。
土地爷把鹌鹑——老玩家。
上海的扁嘴子——呱呱叫。
水里放屁——鼓洞。
丈二和尚——摸不着头脑。
下大雨走路——一步一个脚印。
大年三十盼月亮——心高妄想。
千里送鹅毛——礼轻人意重。
小老婆上吊——吓大老婆。
大臣见皇上——毕恭毕敬。
三辈子活二十一天——啥功啥德。
小庙里麦秸——该清出去了。
大姑娘坐轿——头一回。
小和尚念经——有口无心。
飞蛾扑火——自取灭亡。
山里老鸹——白脖。
土骨蛇咬着板凳腿——毒气出尽。
小鸡吃蝌蚪——心里有数。
上坟烧树叶——糊弄鬼哩。
下大雪穿凉鞋——摆阔气。

小秃子长个脸边胡——亏中有补。

不是疥疮不是癣——干癞。

木匠掉斧子——不砸凿（不咋着）。

木匠的斧子——一边砍。

天下乌鸦——一样黑。

六个指头挠痒——多一道子。

中伏天下大雪——反常。

少林功夫——名不虚传。

六月的鱼——小糟儿。

六月的杏——熟透了。

火店里的盆子——烂底。

乌鸡下蛋——紫着脸了。

王八瞅绿豆——各看对眼。

王八照镜子——看你那鳖脸。

从湖南到河南——南上南（难）。

天狗吃月亮——不要命了。

外甥打灯笼——照舅（照旧）。

外甥帮楼——耩舅（讲究）。

正走着掉相片——小丢人儿。

对着门缝吹喇叭——名声在外。

头上长疮脚下流脓——坏透顶了。

蚍蜉撼大树——可笑不自量。

打坡里扛个棍——没枪（腔）。

老驴穿大布衫——装人里。

老鼠拉木锨——大头在后边。

老灶爷上天——好话多说，废话少讲。

老鼠钻到风箱里——两头受气。

老丈人死了哭爹——随大众。

老牛掉井里——有劲使不上。

老鳖吹号——有圆音（原因）。

老鳖的房子——圆屋（原物）。

老鳖吃杏仁——苦死了。

老鳖瞅绿豆——看对眼了。

老牛追兔子——有劲使不上。

老牛拉破车——对乎一天说一天。

老鼠过街——人人喊打。

老鼠见猫——没大跑儿。

老虎吃天——无从下口。

老八子洗脸——一抹拉（不爱好）。

老龙王搬家——离海（厉害）。

老婆纺花——慢慢上劲。

老娘婆拍屁股——胎（特）好。

老头儿掉沟里——干翻（干饭）。

老将上马——一个顶俩。

老虎的屁股——摸不得。

老牛拉稀——青滤。

肉包子砸狗——没回的说。

买个蒸馍揣怀里——自己哄自己。

买个大瓜不切——欠捶。

买个猪崽没眼——嗐喳。

宋世杰告状——走着说着。

仰面骑驴——不稳当。

芝麻秆喂驴——吃不吃让到了。

芝麻秆插房檐——嘴朝外。

羊屎蛋子耩地——黑劣种。

吃甘蔗上楼梯——步步高、节节甜。

西平到遂平——县搭县。

竹竿上爬青水澽——外包股（青色的蛇）。

庄稼佬耙地——起壿。

关着门卖疥药——痒痒自来。

有钱人说话——财大气粗。

竹篮打水——一场空。

鸡蛋里挑骨头——故意找事。

自己搬砖砸自己的脚——自作自受。

尖头瓜子溜薄皮、看好看到年三十——老尖（奸）瓜。

羊群里跑个驴——数它个子高。

后锅里白汤——温着哩。

肉汤子洗脸——浑头。

扳着屁股亲嘴——不知香臭。

豆腐渣贴门神——不贴板。

买把韭菜不择——抖开了。

张飞纫针——大眼瞪小眼。

张飞的胡子——一列两开。

秃子跟着月亮走——借光。

秃子头上爬个虱——明摆。

小秃长个脸胡——亏中有补。

豆腐掉到灰窝里——吹不能吹，打不能打。

补鞋的不拿锥子——针中（真中）。

狗咬秤砣——清衔（闲）着。

狗咬吕洞宾——不识好人心。

狗头上长角——装羊（洋）。

狗咬狼——俩怯。

狗咬耗子——多管闲事。

狗黑子念经——挼而马三。

床底下放风筝——起不来。

床上打篮球——场面太小。

刮大风吃炒面——没法张口。

刮大风卖门神——各顾各的摊子。

怀里揣着烧玉米——不啃。

迟到的客人——相见恨晚。

豆腐乳端到餐桌上——闻着臭吃着香。

范进中举——精力耗尽。

空中掉馅饼——想得美。

灶王爷贴到肚子上——人走家搬。

肚子里行船——内行。

灶王爷买米——误不了下锅。

狗撵鸭子——呱呱叫。

卖豆腐的不拿秤——估作子哩。

卖红薯的不拿秤——论堆哩。

卖豆腐扛戏台子——生意不大，架子不小。

卖了孩子买合笼——不蒸馒头蒸口气。

将军不下马——各奔前程。

油笼里西瓜——滑蛋。

茅屎缸里石头——又臭又硬。

画匠不给神磕头——知道是哪坑里泥。

货郎担挑个鳖——不是货。

河里撒尿——随大流。

油篓里捞出个西瓜——又滑又圆。

蚂蚱戴眼镜——脸面窄。

泥菩萨过河——自身难保。

驻马店的小磨油——享誉全国。

嵖岈山的石猴——闻名天下。

贪污犯受严惩——罪有应得。

周瑜打黄盖——一家愿打，一家愿挨。

狗咬刺猬——难下口。

蚂蚱蹀躞——小踢蹬。

神七载人上天——梦想成真。

洋鬼子看戏——傻眼。

打猎的扛根棍——没枪（腔）。

当官的落马——咋有脸见人。

三眼冲打兔子——没准。

秋后的蚂蚱——蹦不了几天。

姜子牙钓鱼——愿者上钩。

南天门的过木——干板直正。

要饭的不要花卷馍——穷倔。

要饭的起五更——瞎施张。

兔子的尾巴——不长。

屎壳郎搬家——滚蛋。

屎壳郎爬到屁股上——急斗。

屎壳郎爬到煤球上——一样黑。

屎壳郎打洞——全凭头拱哩。

俩瞎子挤眼——没一个。

歪嘴子吹火——有个斜劲。

歪嘴和尚——念不好经。

蚊子咬蜘蛛——自投罗网。

韩信点兵——多多益善。

捡麦的擦粉——闹包子哩。

说到做不到——言而无信。

说书的掉泪——替苦人担忧。

扁嘴子二月二起身——慢工先行。

荞麦皮打糍子——不粘。

扁嘴子不落树——坑里河里一齐跳。

葫芦里焖米饭——装进容易倒出难。

间道里扛杆子——直来直去。

弯刀对着瓢切菜——凑合。

只说不做——口是心非。

哑巴吃苦瓜——内忍。

哑巴吃黄连——有苦说不出。

哑巴吃饺子——心里有数。

哑巴进庙门——多磕头少说话。

被窝里量小孩——冒估量。

被窝里伸腿——没有外人。

热锅上的蚂蚁——荒脚。

桐木杠子——只折不弯。

烙馍卷老鼠——一掰（百）露头。

赶脚驴背个料布袋——外挎。

赶集拉大车——事儿大了。

赶鸭子上架——硬逼。

骑着驴拄着棍——得劲儿一会儿说一会儿。

骑马坐轿——不如黎明睡觉。

骑驴看账本——走着瞧。

酒壶里下饺子——肚子里有倒不出。

捋着胡子上金殿——牵须（谦虚）。

癞蛤蟆打车脚——显它的花肚皮哩。

跳伞运动员领奖——喜从天降。

胳膊弯里汗——不敢伸。

袖筒里伸棒槌——直来直去。

埂锅里炮——独捻。

拿着鸡蛋砸石滚——白费劲儿。

秤钩上挂蚂虾——弯对弯。

阎王爷审案——全是鬼事。

笑星上舞台——全凭嘴里。

黄连树下弹琴——苦中作乐。

黄鼠狼给鸡拜年——没安好心。

黄鼠狼衔个油果子——各看对色。

黄牛钻鸡蛋——没门儿。

黄鼠狼生老鼠——一窝不如一窝。

弹花棰烙馍——心里厚。

猪八戒照镜子——里外不是人。

猪八戒背媳妇——出力不讨好。

猪八戒照镜子——看你那糟脸。

猪八戒背捆破套子——人没人，货没货。

猪鼻子插大葱——装象。

猪蹄子煮一百滚——总是往里钩。

高射炮打蚊子——大材小用。

麻雀虽小——五脏俱全。

推着车子上门台——一步一个槛。

街外放管篓——外行。

脱掉裤子放屁——多费事。

猫哭老鼠——假慈悲。

猫见老鼠——没跑。

聋子耳朵——配搭。

喝茶拿筷子——是个招呼。

喇叭头上绑手巾——抹号。

掂着斧子撵月亮——朝天砍（瞎）胡说。

脚后跟刻人头——皮厚脸壮。

接生婆大笑——胎好（特好）。

落水的凤凰——鸡都不如。

麻袋里绣花——粗中有细。

麻绳串豆腐——提不起（没法提）。

菜瓜打锣——一锤的交往。

情人见面——旧事叙不完。

脚上绑铃铛——走到哪响到哪。

鲁班门前耍锛——献丑。

唱旦里摸摸鬓——做作。

唱戏的跑调——离谱。

续妮吊孝——哭的不痛，说的怪道。

蚯蚓立顺——腰里攮。

坐飞机吹喇叭——响满天。

头上放钥匙——难开。

泥坑里洗萝卜——拖泥带水。

头上顶锅——乱扣帽子。

打猎的瞄准——睁只眼闭只眼。

水壶掉到井里——吞吞吐吐。

蜜蜂钻到裤裆里——没法说。

平路不走走高坡——自找苦吃。

麻脸子算账——点子多。

麻脸子洗脸——造谣。

麻脸姑娘照镜子——自找难看。

蝎子斗蜈蚣——毒对毒。

马桶倒进污水沟——同流合物（污）。

麻绳拴鸡蛋——难缠。

蚂蚁钻进扫帚里——条条是道。

北舞度的集——老常市（事）（北舞度：地名，在舞阳县）。

车轮轧罗锅——死也直（值）。

萝卜地里造场——平蹶子哩。

赌场里交往——认得真。

锅灶里扒红薯——专拣熟里斗。

嵖岈山的石头——天下少有。

朝廷老放屁——熏臣（训）。

程咬金的斧子——专照空里砍。

裤裆里放屁——两岔。

粪杈打耙齿——五撮一。

啄木鸟吃树虫——全凭嘴哩。

煮熟的鸭子——飞不走了。

蒜薹子拌藕——光棍是光棍，眼子是眼子。

辣椒拌凉菜——各人有心爱。

辣肉汤子下挂面——有盐（言）在先。

蜜蜂掉到罐子里——瞎哼哼。

蜜蜂来到油菜地——任踩。

腰里别扁担——横行。

搬梯子摘星星——够不着。

隔着房子掷铃铛——中过间儿了。

隔靴子挠痒——无用。

隔着门缝看人——把人看扁了。

隔着房子拉车——看不起人。

蝎子屎——独份。

蝎子的尾巴——挨不得。

蝎子掉到磨眼里——一蜇一磨。

鼻孔的汗毛——咋燎。

鼻孔塞软枣——小柿（事）。

噘嘴骡卖个驴价钱——尽上嘴的当。

演戏的谢幕——该下台了。

踩着脖子割瘿——治粗里。

鼻洼里放炮——眼看着崩。

豌豆蒿里鬼叫唤——秧子不静。

瞎子点灯——白费蜡。

瞎猫逮个死老鼠——闯上了。

磨道找驴蹄——找事就有事。

瞎妮子裹脚——胡勒。

瞎子伸指头——看你指啥。

瞎子提灯笼——白搭。

瞎子过河——乱摸。

瞎子逮蛐子——听声哩。

瞎子磨刀——快啦。

嘴上抹石灰——白（别）说。

擀面杖吹火——一窍不通。

磙后面的络子——随着。

螃蟹走路——横行。

澡堂里的鞋——提不起。

戴草帽沏蒙子——钻不进去。

戴眼镜买车相圈——各看对眼。

螳臂当车——可笑不自量。

癞蛤蟆想吃天鹅肉——心高妄想。

癞蛤蟆躲端午——推一时少一时。

癞蛤蟆不咬鳖——一个坑里鱼。

癞蛤蟆爬上脚——不咬人也吓唬人。

癞蛤蟆上高速——硬充吉普。

癞蛤蟆戴眼镜——装文化人哩。

蚂虾戴笼头——脸面窄。

棒槌拉二胡——粗而糙。

乌鸦落入大海里——不知深浅。

临列打哈欠——没救了。

推小车上门台——一步一个槛（坎）。

鞭打羊娃——一打一叫唤。

拿三分钱去赶集——啥便宜买啥。

瞎子吃粽子——闻枣（早）。

鞋里长茅草——荒（慌）脚。

乌龟爬到门槛上——里外栽跟头。

马脖子里毛——一宗货。

乌龟装甲鱼——就不信没出头之日。

车头里坐老婆——好里在后边。

井里蛤蟆——没见过天。

老坟场里支油锅——鬼炸。

扔掉剃头刀子学戏——改邪归正。

生就的挠粪堆鸡子——上不了琉璃大殿。

半夜起来喝面片——赶那了。

老两口摆手——足够。

老鼠给猫做三陪——要钱不要命。

扫帚顶门——岔多。

枣胡子解板——不两锯（句）。

老母猪吃秫秫——顺秆子捋。

九个秫秆拿三趟——携仨携仨又携仨。

扒灰头念善书——说人话不做人事。

十五个吊桶打水——七上八下。

十五的月亮——正大光明。

云彩眼摆手——高招。

针尖对麦芒——尖对尖（奸、滑）。

洼张街的地保——管得宽（洼张街：西平出山）。

看好看到年三十——老尖瓜（奸）。

河里放檀条——漂梁（亮）。

眉毛失火——到眼前了。

老虎头上拍蝇子——找死哩。

老虎头上蹭痒——自己找死。

卖豆腐里治的河湾地——水里来水里去。

扛着柳木棍下河——寻着栽。

磨眼里插小孩——人稠。

躺在磨上睡大觉——转向。

头上搭尿布——走哪馊哪。

拿着棒槌当针用——没眼（影）。

南天门上玩旱船——高高在上。

鼻梁埂上推小车——走投无路。

坐在坛子上放屁——响不开。

第十一章　红石崖（千风寺）生态养生度假区

第一节　天易国际集团与红石崖（千风寺）度假区

天易国际集团有限公司创建于2013年，总部位于香港北角英皇339号，总资产10亿元人民币，现有员工300余人。

该公司属下有7个支公司：河南遂平千风寺旅游开发有限公司；河南红石崖中国传统文化教育有限公司；驻马店市新天地管理咨询有限公司；驻马店市易安居置业有限公司；驻马店市中金黄金销售有限公司；驻马店天顺生态种植有限公司；郑州天信仓储有限公司。

“立足创新、专注质量、诚信服务、真诚合作，共同发展”，是天易人始终如一的追求。

“遂平县红石崖（千风寺）生态养生度假区”是由驻马店市天易国际集团投资有限公司旗下千风寺旅游开发有限公司开发的。

第二节　开发规划

一、规划范围面积及开发时间

景区以千风寺遗址为中心，以蝎子沟、黄脸场两条沟及凤凰山为规划范围，面积约为 30 平方千米。规划期限 10 年（2013—2023 年，阶段划分：近期：2013—2018 年；远期：2019—2023 年）。

二、开发思路

1. 突出特色，精致精品的原则：深度挖掘佛教文化、养生文化内涵，形成有别于周边其他景区的特色。坚持精致化、精品化的原则，注重细节，提高景区的形象和文化品位。避免开发与周边同质的旅游产品，增强旅游产品的竞争力。

2. 以人为本，科学发展的原则：景区规划要以游客为中心，设计出游客满意的旅游产品。

3. 突出创新，适度超前的原则：不能简单地恢复过去，而是突破传统。重要景观的建设要有个性，强调特色，有一定的前瞻性，同时还要有一定的弹性和余地。

4. 政府主导，企业主体相结合的原则：开发过程中，强化政府统领的全局观念，追求综合效益，力求达到经济效益、社会效益、环境效益的有机统一。

5. 整体协调，持续发展的原则：文化遗产与现代设施相协调；佛教文化与周围景观相协调；植被绿化与景点景观相协调；社区群众与景区关系相协调等。景区开发要保护好生态环境，实现景区旅游的可持续发展。

第三节　开发的基本条件及现状

一、地理位置

遂平县东接汝南、上蔡，南靠确山、驿城区，西邻舞阳、泌阳，北连西平等县。107国道、京港澳高速公路、京广铁路纵穿而过，交通十分便利。景区位于遂平县嵖岈山镇，与省级风景名胜区嵖岈山风景区相隔仅15公里，南北呼应，属于嵖岈山风景区一个重要的补充部分。

二、自然概况

1. 地质地貌

景区地质构造为秦岭褶皱系，峰峦叠嶂，奇峰林立，怪石嶙峋，景区主峰像凤凰展翅。周围林木苍翠，遮天蔽日。

2. 气候景象

景区处于亚热带向暖温带过渡的大陆性季风性气候区，过渡性气候特性明显。年平均气温15.3℃，年平均降水量873.3mm。

3. 水文水利

景区所处的嵖岈山镇水利资源丰富，境内现有下宋、银洞沟、杨庄、冯岗、黑龙潭、蔡坪、樊庄等八座中小型水库。

4. 森林植被

景区自然生态环境保护较好，有覆盖率很高的原始次生林。成片造林、农田林网、绿色通道建设成效显著。盛产木耳、香菇等山野菜，出产山楂、何首乌、桔梗、柴胡等药材。

三、旅游资源

1. 千风寺遗址

千风寺又称“金莲寺”，始建于北魏佛教盛行时期。整个庙宇规模宏大，建筑精美，样式考究。到周武帝时，金莲寺衰败。明正统己巳年（1449年），又得重新修建，恢复了原貌。明末清初，千风寺遭到毁坏，只留下了千风寺遗址。

2. 凤凰山

凤凰山是红石崖主要山峰之一，由于山峰形状如同凤凰的两个巨翅，得名“凤凰山”，并且整个山峰的形状像太师椅，山势奇特，地貌突出，景观秀丽。历史上，凤凰山被古人誉为“风水宝地”。隋朝名将窦建德与李世民曾在此决战，窦建德战死，其墓位于凤凰山后面的断崖下。

3. 瀑布

千风寺景区目前有三处瀑布，瀑布依山势自然流下，瀑布所在的山谷比较幽深，瀑下潭水清澈。

4. 水潭

千风寺景区有大坝拦蓄一处水潭，水体为天然泉水，水质优良，有利于开发水体休闲项目。

5. 次生林植被

景区内黄脸场、蝎子沟内植被保护完好，林木旺盛，树种繁多。景区内出产黑参、全虫、何首乌、桔梗、柴胡等中药材。

6. 野生动物

景区内野生动物资源也相当丰富，主要有獾、狐狸、刺猬、野猪、野兔等，生态环境极佳。

第四节　开发目标

一、总体目标

借助“观光、体验、养生”这一主题的多重内涵，发挥区位优势，以旅游业带动周边农业。以品牌吸引客源的方式，大力发展文化休闲娱乐旅游，立足建成省内领先、辐射全省的集观光、体验、养生为一体的综合性休闲体验中心。

二、经济目标

通过对旅游景区合理科学的规划，交通、餐饮、住宿、休闲娱乐等服务体系的完善，正常运营后，年收入将达到5000万元以上。

三、社会目标

加强对周边的旅游辐射力，提高当地就业率，提高周边居民的收入，以惠民为宗旨，带动当地文化、教育、卫生发展，促进产业结构的优化调整，从而为遂平县社会经济发展做出新贡献。

四、环境目标

旅游业的发展和当地生态保护达到良性互动，不急功近利，不以牺牲环境为旅游开发的代价。增加绿地覆盖、净化环境，使天蓝、山绿、水清，最终达到本地旅游业和自然生态环境可持续发展。

第五节　总体布局

一、总体布局

根据景区资源状况、规划指导思想和总体目标定位，本规划

将景区划分为四大旅游功能区：

1. 综合服务区：停车场、购物中心、接待处、演艺广场、售票处、商务酒店。

2. 佛教文化观光区：千风寺、禅修会所、禅佛文化苑、佛教文化展览馆、佛事体验区。

3. 生态乐园：生态养老院、生态养生苑。

4. 农事体验园：亲子项目区、采摘园、农事体验区、孝道文化区、密林迷宫。

二、具体规划

1. 千风寺：按照宗教建制，规划布局以下佛教建筑。

（1）大雄宝殿：规划在凤凰山顶峰下面布局大雄宝殿，建筑面积在500平方米左右。殿内供奉释迦牟尼、阿弥陀佛以及罗汉等塑像。

（2）天王殿：规划在大雄宝殿下面布局天王殿，又称弥勒殿，是佛教寺院内的第一重殿，殿内正中供奉着弥勒塑像，左右供奉着四大天王塑像，背面供奉韦驮塑像。规划建筑面积在500平方米左右，采用中国传统建筑材料砖木。

（3）山门殿：山门，也称三门，是进入佛寺的大门的称谓。山门殿内塑两尊密迹金刚力士塑像。规划建筑面积在 500 平方米左右。

（4）观景台：在凤凰山山顶，依据观景效果规划建设一个高度适中的观景亭——凤凰亭，以便纵览全区景色。在观景台的后面悬崖上修建安全栏杆，以保证游客安全，可以让游客一览悬崖下面的景色。

2. 禅修会所：在千风寺遗址处规划建设禅修会所，建筑面积在 1000 平方米左右。会所能够为高端消费者提供休闲、缓解压力、商务会议、私人聚会、娱乐等功能。

3. 禅佛文化苑

（1）主题酒店：在千风湖东侧山坡北部，规划建设“禅佛主题酒店”，建筑面积约为 2000 平方米，砖混结构，外观与禅修会所等建筑相协调。

（2）禅风苑：在千风湖东侧山坡南部，规划建设“禅佛苑”。

规划 7 ～ 8 座四合院，四合院样式、用材采用中国传统四合院建筑样式和材料。四合院中的布局、陈设、功能以满足禅佛文化体验为核心。

4. 佛教文化展览馆：在靠近凤凰山山顶处规划布局佛教文化展览馆，展览馆规划面积 1000 平方米左右，建筑样式采用佛教建筑传统样式，贯彻生态、环保理念。在展览馆展出佛教文化相关内容。展览馆定期更新展示内容，让游客常来常新，激发游客

了解佛教文化的热情。

5. 佛事体验区

（1）主题体验园：主题定位为佛教文化活动表演。通过深度挖掘佛教文化内涵，精心编导若干宗教文化节目，定时向游客集中演出。通过系列项目活动，丰富宗教文化旅游产品内容，提高景区宗教文化品位。

（2）佛文化讲堂：规划面积1000平方米左右，讲堂配置200席位左右，供游客聆听讲座，配置小型体验教室，方便游客参与体验。

（3）普度广场：在佛文化讲堂西侧修建普度广场，作为寺庙举办佛事活动，节庆仪式的场地。主题活动“千风佛事大典”，让游客深度体验千风寺景区浓厚的佛教氛围，感受佛教文化和佛学思想。

（4）会员禅修班：主要针对高端企业家、白领阶层，收取费用，成为禅修会员。在禅佛苑设有宽阔明净的闭关房，会员可以在此坐共修，于此可悟道、静坐观心，参与禅修，训练内心的宁静与专注，安享自心本具的纯净、柔软、安详与喜悦。

（5）周末禅修体验营：面向社会大众，特别对禅法有兴趣

的年轻人，开展讲座、禅修、茶会等不拘一格的形式弘法。为在家的居士（游客）提供双休日的修学之便。宗旨是透过听经闻法，参禅作务，学习行解并重的出家生活，从日常行住坐卧中陶冶、熏习，真正体验修禅和乐清净的生活，以培养对禅法的正见与信心，成为“身心自在”的修行人。

第十二章　卧虎山庄生态观光园

与红石崖（千风寺）生态养生度假区相映生辉的，是2013年8月进入实质开发阶段的与红石崖千风寺东西相对的卧虎山庄生态观光园。这个卧虎山庄（爱晚工程）项目，是由河南遂平德富综合开发有限公司主导进行的。

第一节　基本概况

卧虎山庄生态观光园——卧虎山庄（爱晚工程）项目，位于遂平县嵖岈山镇境内。

嵖岈山镇境域地处山区，群山叠翠，峰峦起伏，山势多为南北走向，主要有尖山、平果朵、跑马岭等，其中尖山海拔585米，在乡政府西南9公里处，为乡最高的山峰。主要矿藏有铀、磷、硫黄、石灰石、花岗石、石英石等；山区还有木耳、香菇、拳菜、木楝芽、檀子芽、黄花菜、山枣、柿子、板栗、山果红等山野菜；山果和何首乌、桔梗、柴胡、马登草、全虫等药材；地势西部略高，东部略低，山冈丘陵占总面积的60%，气候温和，四季分明，水力资源丰富，奎旺河、阳丰河、北石羊河均发源于境内，境内现有8座中、小型水库，总储水量为3.25亿立方米。这里，民风淳厚，群众遵纪守法、勤劳致富、团结互助的文明新风处处得到弘扬和体现。

1941 年建金嵖乡，1955 年为杨店中心乡所属。1958 年 4 月 20 日建立“嵖岈山卫星集体农庄”，同年 7 月改称嵖岈山乡卫星人民公社，是全国建立的第一个人民公社。1958 年 11 月 13 日，毛泽东主席亲临遂平县接见了嵖岈山卫星人民公社的代表；1962 年和 1980 年两次与槐树乡分建，1983 年 12 月改公社为乡，2008 年 11 月撤乡建镇。嵖岈山卫星人民公社旧址 2000 年 9 月被河南省人民政府公布为省级重点文物保护单位，2006 年 6 月被国家公布为全国重点文物保护单位。嵖岈山乡 2007 年 4 月被评为河南省历史文化名镇。

嵖岈山镇属于亚热带风向暖温带过渡的大陆性季风性气候，光、热、水气候资源比较丰富，过渡性气候特性比较明显。平均气温 15.3℃，7 月份最热，日平均气温 27.5℃，1 月份最冷，平均气温 1.4℃，年平均降水量 873.3 毫米，年平均日照 2109.6 小时，年平均无霜期 226 天，最长年份 285 天，最短年份 196 天。风向特点为春季多西北风，夏季多东南风，其中东南风偏多。全镇地处浅山丘陵区，地势西部和西南部略高，东部略低，山冈丘陵占总面积的 60%。境内群山叠翠，峰峦起伏，为伏牛山东端余脉。主要矿藏有磷、硫黄、石灰石、花岗石、石英石等。水资源丰富，奎旺河、阳丰河、北石羊河发源于境内。境内有下宋、银铜沟、杨庄、冯岗、黑龙潭、蔡坪、樊庄等 7 座中小型水库，总储水量为 2.6 亿立方米，水浇地面积为 2.1 万亩。盛产木耳、香菇、拳菜、木楝芽、黄花菜、山枣、柿子、板栗、山里红等山野菜。出产山楂、何首乌、桔梗、柴胡、马登草、全虫等药材。耕地土壤为黄黏土、黑胶土两种，主要农作物有小麦、玉米、大豆、棉花、油菜、芝麻、花生等，其中小麦和玉米播种面积占夏秋作物种植面积的60%。旅游资源丰富，境内嵖岈山、红石崖、平顶垛、狮象湖等山水风光奇险秀美，嵖岈山风景区是全国“AAAA”级景区，国家地质公园、国家森林公园，嵖岈山卫星人民公社旧址是国家级文物保护单位。狮象湖又称嵖岈山卫星人民公社水库和下宋水库，是遂平县最大的水库，位于嵖岈山镇常韩村下宋自然村西侧，南依狮子山，北靠象山，控制奎旺河支流南石羊河上游，流域面积35.6平方公里。1957年12月5日开工兴建，1958年春完工，时为县建小一类水库，1974年加固扩建为中型水库，防洪标准500年一遇。坝顶高112.5米，大坝高25.5米，坝顶宽6米，坝长1100米，总库容为2056万立方米，死库容190万立方米，兴利库容800万立方米，可灌溉农田1.4万亩。

第二节　与卧虎山庄生态观光园相辅相成的旅游景点

1. 下宋水库像一颗明珠镶嵌在两座大山之间，南岸的狮子山林木葱郁，水库象山上近万株松柏形成的“人民公社好”五个巨字依稀可见。

2. 全国第一个人民公社。嵖岈山卫星人民公社旧址为人们再现了人民公社时期那段历史景观。旧址于2000年被省政府定为重点文物保护单位，现设有两个展厅，主要展出公社时期的实物、图片等。

3. 红石崖景区由卧虎山、圆龙山、凤凰山、跑马山和圆顶山五大主峰构成，传统的旅游景点星罗棋布，独特的人文景观数不胜数，著名的景点有千风寺、禅云寺、城墙峡、黑龙潭、圆顶峰、水帘洞、海眼泉等五十多处，曾有人以一首小诗概括这里的主要景观：六潭六泉七瀑布，四峡四洞二古墓，六大奇峰六怪石，五大名山六碧湖。

第三节　与生态观光园配套的经济发展状况

1. 种植业发展情况。全镇粮食农作物以小麦、玉米为主，种植面积 3.5 万亩。经济作物有油菜、花生、芝麻、棉花、大豆、红薯、烟叶等。全镇粮油种子优良率达到 98% 以上。特色农业初显成效，立足自身优势，大力发展以小杂果为主导产品的“优势农业”，目前全镇已形成了七个小杂果基地，种植面积 3500 多亩。重点发展以土鸡养殖和山野菜、小杂粮种植为主的“生态农业”。积极发展以花生、芝麻、油菜等油料作物和食用菌等特色种植为主的“特色农业”。扶持发展以优质粮种种植为主的“订单农业”，2008 年订单农业种植面积达 3050 亩。逐步发展以玉泉花木公司为主导的“观光农业”，逐步形成了集特色农业与旅游观光为一体的新型发展模式。

2. 林业发展情况。自然生态环境保护较好，有覆盖率完好的原始次生林。成片造林、农田林网、绿色通道建设成效显著，森林植被覆盖率达 38%。

3. 畜禽养殖初具规模。一是充分发挥地理优势，大力引导农民在荒坡、林间、草地等进行绿色生态养殖，打造嵖岈山镇绿色生态养殖品牌；二是按照市场化、标准化、规模化的要求，加快生态养殖小区建设。目前，全镇已经建有 12 个标准化养殖小区，年可出栏鸡六万余只，猪四万余头。

4. 合作社运作情况。2007 年成立农家乐宾馆协会，实现了对农家乐宾馆的规范化、标准化管理。现在正在协调整合成立农家乐宾馆合作社，扩大范围、统一风格、提升品位，为农家乐宾馆提供规范、有序的经营环境。4 月以来，正在进行土鸡养殖合作社运作，计划在全镇成立一个总社，每村一个分社，促进土鸡养殖业的发展。

嵖岈山镇山地面积占总面积的 2/3，宜林荒山、荒坡近 6 万亩。近年来，抓住国家实施西部生态林建设这一机遇，依托荒山资源优势，大力发展速生林、特色林果种植和以牛羊为主的养殖业，全乡已完成退耕还林面积近 8 千亩，建成绿色通道 14 千米，完善农田林网近 3.56 万亩，共计新栽植各类林木 160 多万棵。以林果种植为主的魏楼冬枣基地、鲍庄红旗沟杂果基地、赵庄板栗基地已初具规模。全乡养殖专业村达到六个，各类养殖专业户达到 800 户，建成了杨店、鲍庄、红石崖三个肉牛养殖示范村和乡肉牛养殖繁育基地，以下宋水库为主的鱼、鸭养殖也取得了一定的经济效益。

所有这一切，都为卧虎山庄生态观光园奠定了极好的发展基础，其开发目标将一步步得以实现。

第四节　卧虎山庄生态观光园的主要建设项目

1. 老年公寓。这是由遂平德富综合开发公司与遂平县民政局实施的一项惠顾民生的养老事业，不仅拥有基础的星级酒店管理服务，更有自主品牌倾情奉献的专属会员养老服务，为业主提供全天候、全过程、全方位的专业基础医疗服务。它包括老年公寓、老干部公寓，接待中心、健身中心、娱乐中心、医疗保健康复中心、餐饮服务中心、休闲中心、行政保障中心、游乐园等。

2. 仿古商业街。卧虎山庄仿古商业街，是集文化、商业、购物、娱乐为一体的仿古街。该项目规划为南、北两区，南以仿明清徽派建筑风格为主，北以仿明清北方地区官式建筑为主，总建筑面积约 2 万平方米。商业街内规划有特色餐饮、品牌专卖、高档会所等内容，外部环境体现地方特色，内部使用功能体现现代气息，体现出“很中国，很现代”的特色。

3. 别墅区。依照生态性、合理性、整体性、灵活性原则和城市文明与自然生态的结合点，该小区规划定为“离尘不离城”的城市山水别墅区，在享受自然的同时，还能享受到城市文明的高质量生活品质。

4. 茶叶种植园。茶园是好茶的根本，好茶从茶园开始做起，远离人迹，让茶园藏入高山深谷间，产出超然卓立的好茶。该项目将山庄周边日照充分的四千余亩山地先后归入山庄茶场，方圆数十里都是深山老林；在这座大山的最深处，山庄的茶园展现在青山绿水间，茶园独立成片，周边环山靠水，是茶园的风水宝地。山庄本着自有茶园做高端的定位，即使牺牲产量、加重成本，也要保证质量。有机茶味道将更加醇厚、香气更加浓郁，安全性质也得到高度信赖。

5. 生态果园。卧虎山庄生态观光园项目建设所在地境内，自然环境优美，气候宜人，气温昼夜温差大，适宜大面积发展果园。结合周边旅游产业结构，以打造生态型旅游强县、强镇为契机，以山庄大面积果园为依托，以周边旅游区为中心，沿线建设5000亩生态果园，开发生态旅游观光采摘园项日，并逐步开发微量元素的果汁饮料、水果休闲食品等，借助周边旅游业的人气，满足游客休闲消费需求，带动群众致富。现已基本成型的农家休闲果园，是集观、尝、品、游于一体的无污染纯天然绿色果园，是回归自然、亲近自然、享受野趣、释放压力的好去处。“时尚、健康、生态、自在”是山庄生态果园的追求。

6. 复建平果朵莲花寺。莲花寺位于遂平县嵖岈山境内，地处伏牛山脉东部，交通便利，地理环境良好，拥有独特良好的地质资源。该寺坐落在平果朵顶峰，始建于南北朝魏武帝时，因菩提达摩大师路过此地而慧眼识珠向武帝建议而修。该寺因年代久远已经成为一片废墟，但遗址尚存。作为卧虎山庄的一部分，经政府批准将修复开放。不久的将来，有着一千多年历史的莲花寺将复建成豫南之名刹。

7. 可再生能源技术应用。卧虎山庄生态观光园景区处于亚热带地区，太阳能源充足，区位气候条件造就了生物能源丰富，可利用的生物原料多达上百种，且储量丰富；旅游区内的山顶常年风力在3米每秒以上，可以达到风力利用的范围。所以该地区可利用的再生能源主要有太阳能、生物能和风能。

（1）沼气能源耦合系统——卧虎山庄景区四季草木青葱，花果飘香，从整体上看自然植被和人工植被覆盖率达到90%以上。利用本地区丰富的生物质能资源来发展沼气能源系统是本地区今后主要的发展方向。沼气原料来源丰富，旅游区的废水、牲畜、家畜和人的粪便、林业生物质的树皮、树叶、枝丫以及大量的灌木等都可以是沼气的原料。包括能源系统，生物质原料沼气、沼气灯沼气发电动力系统；养殖系统，生物质原料沼气渣废料返池；种植系统，生物质原料沼液肥田秸秆返池；此外，还可以利用以沼气为中心的清洁能源生产系统和养殖系统开展生态农业观光旅游。

（2）太阳能利用系统——卧虎山庄景区夏热冬暖，干湿分明，属亚热带向暖温带过渡的大陆性季风性气候，年平均气温为15.3℃。利用丰富的太阳能，可以有效地代替山庄和旅游区的一部分常规能源的使用。

（3)风能利用——包括小型风力机发电系统,风力提水系统。其他方面，旅游区周围的旅游购物商店、餐饮店、农家乐等分布集中密度大，为此将进行风能技术综合利用。

附录一：

山美人更美

——红石崖和她的守护者张俊亭

方荣海

前不久，俊亭老友电话邀我写篇赞美红石崖的文章，正忙于书法创作的我，顺口应允：“好吧！”可后来静心思想，又犯起难来，苦苦找不到写点。位于遂平县西部山区的红石崖风景区，在豫南也算得上不错的游处。然论红色人文景观，不如延安、井冈山、遵义的故事多；论自然景观又不如三山五岳、西湖、黄山名扬天下，咋写、写啥？可转念一想：“难道就没有当地的特色吗？”可又总捕捉不到。难道是我“江郎才尽”？还是自己眼光狭隘？不得而知。

于是，我想到了张俊亭本人。他七十有四，黑红的脸膛，大个头，逢人一笑，满脸的憨厚；为人正直、善良、忠诚、老实，也有点儿土里土气，是地地道道的山里人。1960 年，刚满 20 岁的张俊亭为改变贫困山区文化落后状况，他主动请缨，克服重重困难，开办了红石崖第一所小学并当上了第一任教师。在他任教的 41 年里，为确保辖区 8 个村百多名学生安全入学和回家，曾几十年如一日地背着学生趟 5 道河、翻两座山，护送学生达几万人次；他还从自己每月十几元钱工资里，挤出钱为贫困学生买鞋添衣、看病治病等。他的事迹，省、市、县新闻媒体不少报道。然时至今日，他仍然还是普通教师一名。别人为他不平，他却憨然一笑：“那是当教师的本分，要啥名利！”

2001年，红石崖土生土长的张俊亭在教师岗位退休后，一个“开发红石崖”的新情结又令他寝食难安起来。他想：“红石崖不仅风景秀丽、山石独特，辖区景观内涵丰富、典故多；而且又是革命老区，抗战时期是刘少奇、李先念、王老汉等老一辈革命家战斗生活的地方，还有新四军的战地医院、革命烈士陵园等旧址存在。如果把这里开发成为集自然景观和人文景观于一体的旅游观光胜地，一定是利国利民的大好事儿。”他把这个想法讲给当时的乡党委听，得到充分重视和支持。然而，由于当时人力、财力有限，不可能大力度开发。张俊亭二话没说，背起行囊和干粮，就跋山涉水、披星戴月、风餐露宿、不畏困苦，四处收集资料，一干就是十多年。这些年里，他围绕红色旅游方面的人文景观，行程万里，寻找知情者达数千人，最终写出有关红石崖抗战时期的革命故事百余篇，12万字；围绕自然景观的有关女娲补天、狮象湖传说、凤凰山传奇、千风寺逸事等历史典故和景点传说达280余处，汇编文字书稿25多万字。

如今的红石崖，经过数十年各级党委、政府的努力开发，已引入商家30多户，陆续投资20多亿元；近300个景点、乡村星罗棋布，几百里长的公路四通八达，栽花育草、硬化路面，构建了安全设施和观光平台；围绕旅游产业兴起的农家小院、客运大户等500余家；商家依山傍水精心打造的温泉小镇，千亩郁金香、牡丹园、自由采摘果园等，气势恢宏，蔚为壮观，现已名扬天下，游者如云；红石崖风景区已成为国家级森林公园，红色革命历史教育基地，青少年影视拍摄中心，全国特色景观旅游名镇，河南省历史文化名镇；堪称——融旅游、观光、休闲、娱乐为一体的游览胜地。如果你有幸来此踏春恋秋，尽可在开阔的狮象湖里荡舟，森林公园里觅爱，影视中心找乐，牡丹园里开眼，温泉池里脱俗，女娲山上寻古，千风寺里静心，蝎子沟里看石，凤凰山上探奇，一百多个景点将任你畅游、吟诗作画、放飞遐想。

这些辉煌业绩、耀人的荣誉虽不能功归俊亭个人，但确确实实渗透着他和同伴们的热血和汗水呀！十多年来，他累病过，摔伤过，从来无任何人给他发过分文补助，完全是他在尽义务、做奉献。可个中苦楚难以言表的他从没后悔过。曾有好心人劝他：你有退休金不缺吃喝，不在家享福，受这般苦罪，何必呢？又没啥好处，你图个啥？他又是憨然一笑：“咋没好处？咱这里一旦开发为旅游胜地，好处多着呢！”

俊亭在几十年教书育人中，寂寞和困苦与他长相厮守。于是，他在书法和美术等艺术领域找到乐趣，成就虽不怎么出彩，十里八乡倒也有些名气。几十年里，无论谁向他求字要画，他毫不吝啬，有求必应。随着红石崖的开发，游人多了，频率大了，无论是“何方神圣”或平民百姓，只要邀请，他都义务当向导。他做向导时总是尽义务，从不伸手要任何好处。有一次，他高烧39度，听说外地客商想开发千风寺，他拿起一把药往嘴里一捂，喝口开水抬腿就走，老伴说：“老张，你不要命了？！”感动得客商也连连劝说：“要不先休息吧，改天再说！”然而，他还是憨然一笑：“走吧！小病，不碍事！”

……

这就是张俊亭，这就是红石崖山乡人民的本色。

在我的案前有一张照片，是去年中秋我到红石崖观光时与俊亭及当地十来个大致同龄的农民的合影照，背景正是红石崖最佳风景点，赤崖陡壁旁。当时，夕阳西下，余晖笼罩，又值秋浓枫红，苍茫叠暮，真是景色迷人；再看照片上的大家伙儿，个个腰板挺直，红光满面，精神抖擞，憨厚淳朴。据老张介绍：这几位老人都是与他玩得较好的铁哥们，经常义务帮助游客和商家开发红石崖、登山引路、守林护坡，自觉维护旅游设施和山上的一草一木，却从不要报酬、图名利、讲苦累。透过这张照片，我似乎又看到了红石崖的山山水水，触摸到红石崖父老乡亲滚烫的热血与亲情，感悟了他们灵魂深处高尚的地气和人脉。是啊！像张俊亭这样伟而不大、有光无华、默默无闻、无私奉献的山乡小人物，绝非少数；也正是这样优秀的群体，才是真正支撑我们这个民族赖以生存和发展的脊梁。

因此，当观光红石崖风景秀丽的山川地貌时，你就会自然想到：这层层叠叠、鬼斧神工、造型奇特的红石崖，不正是一个个山乡人赤诚心的组合吗？！那赤红透熟的崖壁和着夕阳秋韵，如诗如画地向人们诉说着山乡老人无私奉献的情怀；那一座座朴实厚重、名不见经传的大山，多像他们本真的特性，扎根乡土、默默无闻地为人类吐苍织翠、贡宝献玉，却从不张扬作秀、索要名利；那山顶上傲冰沥雪的青松翠竹，不就是他们威武不屈、富贵不淫、贫贱不移、虚怀若骨、凛然正气高昂的头颅和宽厚的胸襟吗？！是的，那数百里蜿蜒起伏的山脉，正是他们彰显民族正气经久不衰、无私无畏的脊梁！

人是大自然的主体，人们心灵的优化必将影响到大自然的改造。张俊亭们自觉装点身边的山石草木，把它们打扮得丰富多彩、美丽动人……这样一来，山美，人更美，天人合一，美无不在，岂不妙哉！

啊！我明白了，找到了！明白了红石崖美的价值，找到了红石崖可歌可赞的写点！原来，这里山美不在其高，人美不在其名，这隅热土自然生发出的民族正气和朴实无华的奉献精神，照样令游观者心动神倾、魂牵梦绕，不是吗？！

附录二：

红石崖风景区开发建设“十五年”规划

（2001—2015年）

一、红石崖风景区的基本概况和发展方向

1.基本概况

红石崖风景区位于遂平县嵖岈山乡西部山区。嵖岈山乡是全国第一个人民公社诞生地，乡政府距遂平县城25公里，这里物华天宝，人杰地灵。

全乡面积96平方公里，67%为山区、丘陵，东邻贯穿南北的107国道、京广铁路和京珠高速公路，南临省级风景名胜区嵖岈山，西接平顶山九头崖风景区。远离现代城市的喧嚣，使她至今仍保持着良好的自然景观，连绵耸翠的山峦，瑰丽多姿的石峰，鬼斧神工的崖壁，连环跌宕的瀑布以及完美的动植物群落，使这里赢得了“天然公园”的美誉。

红石崖风景区由卧虎山、圆龙山、凤凰山、跑马山、圆顶山五大主峰构成。在近百座山峰中，有千风寺、禅云寺、滴水崖、大狼窝、黑龙潭、大尖山、将军墓、太阳峰、玉女峰、城墙峡、白龙池、下宋水库、魏楼水库、海眼泉、开井瀑布、三叠瀑布、乌枪洞、水帘洞、银沟洞等五十多处风景名胜。此外，还有人民公社大楼（纪念馆）、纪念林等人文景观。这里的自然景观集秀、青、幽、险、峭于一体，到处峰峦叠嶂，风采多姿，林木青翠，百花争艳。游客到此，都流连忘返，皆赞此地为人间仙境。

著名作家吴伯箫浏览嵖岈山后，曾写下了他的散文名篇《猎户》，选入高中课本，文中记述红石崖村打豹英雄董昆的故事。

红石崖又是洒满革命先烈鲜血的热土。李先念、王震等曾率领部队在这一带驻扎，从事抗日活动。新四军遂平支队凭借红石崖的险要地形，浴血奋战，多次击退日伪军的联合进攻。红石崖多座山头上都埋有烈士的忠骨。

全国第一个人民公社——嵖岈山乡有天赐的丰厚旅游资源和独特的人文景观，自古以来，方圆几百里的游客就慕名前来观赏游览。改革开放以来，随着经济的快速发展，人民生活水平的日益提高，旅游需求日益增大，前来嵖岈山乡游览观光的人数逐年递增，为繁荣嵖岈山乡经济，满足游客的需求，嵖岈山乡党委、政府研究决定开发风景旅游区——红石崖，并制定初步规划。

2.发展方向

红石崖风景区开发与天然盆景嵖岈山风景区，凤鸣谷风景区连为一体，道路开通，自然景观和人文景观互为补充，各项配套设施健全，将成为全国闻名的旅游观光、避暑休假、修身养性、度蜜月的胜地。

二、“十五年”规划（以下简称“规划”）期间红石崖风景区开发的指导思想和目标

1.指导思想

为繁荣本乡经济，增加群众收入，满足游客需求，实施“旅游带动”战略，开发本乡的自然景观和人文景观。政府投资和群众投资相结合，重点在于制定优惠政策吸引域外投资，使旅游资源优势变为经济发展优势，从而带动全乡，乃至全县、全区的对外开放和经济发展，进而带动全乡各项事业的发展。

2.目标

“规划”期间加强基础设施建设，主要从以下几点做起：

一是修复嵖岈山风景区至嵖岈山乡政府的公路；开通“遂舞”公路；修筑到各旅游景点的山道、水路。

二是完善旅游景点。人文景观要修整，自然景点要绿化、美化。如人民公社纪念馆、千风寺、禅云寺、狮象湖的水上游乐场等。

三是在景点附近建造小木屋。木屋的外形为圆木，上为茅草。别墅内部装修现代化，配齐生活设施，满足游客需求。

四是建设度假村，供游人避暑休假。在红石崖村滴水崖南和千风寺下建设两座跨峡谷大桥。

五是到2015年红石崖风景区达到省级风景区标准，申报省级风景区。

三、红石崖旅游资源开发规划

1.“规划”期间旅游资源开发原则

（1）坚持基础设施建设为主的原则，完善自然景点和人文景观的配套设施，集中财力兴建三至五个具有较强吸引力的景点，同时开发一些投资少、效益高、能够在短期内形成旅游效益的旅游路线和景点。

（2）挖掘旅游资源内涵，坚持以国内旅游市场为导向，以休闲度假型、原始生态型为主，重点鼓励开发建设山水风光旅游项目，开发建设一批具有民族特点和旅客能够欣赏的旅游景点和路线，做到点线结合。

（3）坚持人文景观和自然旅游资源开发并重的原则，做到文物古迹和山水风光相结合，突出国内旅游为重点，符合社会主义精神文明建设的需要。

2.“规划”期间重点旅游项目规划

按照省委、省政府关于集中财力，保证重点，特别是景点建设要抓住重点，实行投资多元化，允许私人投资发展旅游事业的精神，“规划”期间，红石崖风景区要进行重点旅游基本项目建设：

（1）重点旅游项目规划

1）修复嵖岈山风景区至嵖岈山乡政府的柏油公路，需资金50万元，需上级扶持。

2）修通遂舞公路（石渣硬化），需资金500万元，乡政府已投资150万元，需上级扶持或引进域外资金350万元。

3）修通到各旅游景点的山道需资金150万元，由乡政府自筹。延至深山区的人行步道，发动群众出工开辟。

4）规划布置有关第一人民公社文物资料的展室，展出当时的生活画面和文物，需投资300万元，申请国家文物保护单位，争取上级扶持解决。

5）恢复人民公社办公大楼原貌，在第一个人民公社的办公大楼前雕塑毛泽东主席像，绘制出他的手迹“人民公社好”。重修人民公社大食堂，绿化美化乡政府大院。需资金50万元，乡政府自筹。

6）在通往深山的三条公路和三座水库旁，栽植常青苗木，设置花坛，使其绿化美化，需资金60万元，山乡政府自筹。

7）在遂舞公路滴水崖大峡谷处，需修建钢筋水泥结构大桥（也可建成铁索桥）一座，需资金500万元，需争取域外资金解决。

8）在狮象湖和魏楼水库兴建避暑山庄和度假村，需投资500万元，争取域外资金解决。

9）在旅游景点山腰处修建小木屋（民俗度假村）30个，需资金60万元，由乡政府组织民间闲散资金投资兴建。

10）在红石崖村滴水崖处兴建山门一座，资金需争取域外投资。

11）兴建狮象湖水上游乐场，需资金50万元，争取域外投资。

12）在风景区主要路口设置若干旅馆、商店、餐馆，需资金

80万元，由民间筹资。

13）千风寺、禅云寺遗址和圆顶峰兴建寺院，吸引域外投资，需资金200万元。

（2）资金概算

红石崖风景区“规划”期间开发项目需总投资2550万元，其中需上级扶持700万元，需乡政府自筹460万元，需民间筹资140万元，争取域外投资1250万元。

四、红石崖风景区旅游开发的措施

1.成立旅游开发管理机构，一、二把手亲自抓，派一名副职负责，成立办公室，调配精兵强将，拨出办公经费。

2.制定开发景区优惠政策，鼓励本地人和吸引外地客商投资开发景点，让投资者和建设者得到实惠，吃上定心丸，为开发景区建功立业。

3.将全乡自然和人文景观的景点录制成录像带（现已录制完毕，可播放30分钟），在省、地、市电视台播放宣传。

4.绘制“红石崖风景区”彩图，并以大幅标牌竖在遂平城南107国道旁边和嵖岈山风景区醒目处。

5.印制“红石崖风景区景点介绍”和“红石崖风景区游览线路图”，在风景名胜区发放。

6.着手编印红石崖风景区景点、文物、传说、历史故事丛书。

7.在景区著名地带开辟“功德碑园”区，为开发景点的有功之臣树碑立传，使之成为新景点。

五、红石崖风景区“规划”开发分步实施表：（见下页）

实施顺序	实施时间	实施项目	建设周期
第一批	2001年8月至2003年8月	1. 规划布置人民公社展室，美化政府大院	2年
		2. 修通进山道路和人行步道	2年
	2003年10月至2005年10月	3. 修通嵖岈山风景区至嵖岈山乡政府道路和遂舞公路	2年
	2002年至2005年	4. 修建小木屋、水上游乐场、度假村	3年
		5. 建滴水崖大桥	3年
		6. 建旅馆、商店、餐厅	3年
第二批	2003年至2015年	7. 建避暑山庄	2年
		8. 建千风寺、禅云寺	2年
第三批	2003年至2015年	9. 建山门，申报省级风景区	3年

附录三：

关于红石崖山区开发森林公园的可行性研究建议

位于遂平县西部边陲的红石崖山区，绵延11.5平方公里，它是旅游资源极其丰富的地方。平驻公路与乡村公路接通，使之成为四通八达的核心，其地理位置十分优越。因此，在红石崖山区实施开发旅游观光、挖掘和充分利用开发项目，对开发嵖岈山经济、造福于山民就显得十分重要。为此，特提出如下建议：

一、开发的必要性

1.作为旅游观光的主题——区域自然资源丰富多彩，且具特色。

首先，自然资源集全国名山大川之大成，奇山异水，有崖有峰，有沟有谷，有瀑 潭，植被鸟兽一应俱全。其次女娲文化节、佛道文化历史遗存又能丰富旅游主题内涵，这已构成了旅游开发的物质基础条件。

奎旺河的源头发源于大歪尖山南坡中心顶，犹如一条黑色巨龙九曲十八弯汇入碧波如镜的蔡坪水库。其景点星罗棋布，均具有品位较高的观赏性。如地壳断裂而形成的典型地貌的半片山，常年流水不竭滴水崖，跑马山北侧的石人峰和东侧的水帘洞，悬崖，石柱状如黄山东海。山顶端平阔的山梁就是农民起义将领刘扁头的练马场，逍遥谷怪石林立，群峰竞秀。碧波如镜的黑龙潭，潭口上面的流水处像惟妙惟肖的滑梯。浑水潭的冰舌堪称一绝。酷似长城的城墙峡，唐代古刹金莲寺（后称千风寺）遗址上的明朝正统己巳年石碑尚存；天井瀑布雄伟壮观；三叠潭瀑布奇妙无比；数百米长的峡谷神秘莫测；大歪尖山北坡的千仞石壁不亚于华山之险、泰山之伟岸，和顶峰举目远眺一眼能看四县（西平、遂平、舞阳、泌阳）的诗情画意，五里长的沟崎岖函远；圆龙山西壁的多头崖，似云中游龙，又像缥缈下凡的仙女，均具特色，一方独有。

区域内植被多种多样，而且森林覆盖率很高，一眼望去，生机盎然。春花竞彩斗艳；夏季繁郁葱茏；秋色斑斓如锦；冬天原驰蜡像，四季各有奇观。山坡上黄栌最多。春花三色，秋叶似火，可与北京香山媲美。石崖上的春杜鹃和夏杜鹃娇艳逗人，龙麦芽白花锦簇，宛如三月倒春寒的降雪。沟两岸的连翘迎春花，黄花似金。沟中火红的百合花（萱草）状如五彩爆竹，更诱人的最有开发利用价值的中草药和野生珍贵蔬菜遍山皆是，其种类不下百种。

2.作为观光农业主体——区域内的种植业和养殖业，虽然目前还未形成大的规模，品种还比较单一，但是依山傍水，临路的各自然村落，地里的庄稼、庭院里的香菇棚垛；路边成排的蜂箱；还有杨树湾、滴水崖的稻田……与四周的山坡和叮咚流水交相辉映与大自然融为一体的和谐美，已构成了较强的客观性。比城郊的农业种植可观性要高数倍，况且已有部分农户在山坡上植上了果树、松树，所以这些可供观光的物质基础是非常难得的、不容忽视的。

3.作为旅游观光的必要条件——通向城腹的遂袁公路即将竣工。

二、开发的可行性

1.我国已加入WTO，对农业和农村经济来说是前所未有的严重挑战，党中央曾多次强调农业战略调整并制定了相应的农业政策。省委、省政府把开发旅游业作为振兴河南经济的支柱产业，这就给我镇搞旅游开发带来了前所未有的机遇。我们应以此为契机抓住不放。

2. 搞旅游开发和观光的主题——有大自然的恩赐，丰厚的资源是他乡所不能拥有的宝贵财富。鬼斧神工的自然景观比比皆是，更是我方独有，只要全镇干群统一思想，齐心协力，本着量力而行，先易后难的原则，组织有关人员制定出切实可行的规划，采取分期分批开发的方法，走乡村加农户共同开发的路子，就能克服资金缺乏的困难。

第一步，先把通往景区的主干道修好，再把贯穿景点的线路规划出来筑成石阶或随形就势修建曲径游道方便游客浏览；物色部分精明能干、语言表达能力强的人作导游；黑龙潭清淤，口面扩大；仿照《介子园画传》在各景点修建简易而小巧玲珑的木屋、瓦房、木栅院墙、凉亭、蘑菇亭，便于游客休息纳凉、避雨、赏景观；鼓励农户修停车场或开饮食、服务业；收集鹅卵石（现称文化石）作建筑材料出售；有艺术修养的可搜集图案较好的奇形怪石制作盆景作旅游纪念品。这些都是力所能及的。

3. 作为旅游的客体——观光的游人，他们是消费者，更是主人和上帝。从开发旅游价值角度上看，他们的观后感最具衡量价值。自公路开辟以来，尤其近几年来，游人与日俱增，每到旅游黄金周期间，来观光的车辆穿梭，从上午9点到下午6点来往不断，最多时达40多辆。他们有本县的，有驻马店的、确山、新蔡的，还有漯河、郑州、湖北的，甚至更远。他们一致认为这里景色优美、空气清新、视野宽阔，比一般景区好玩得多。

4. 从消费需求来看，旅游又是新世纪的消费热点。不论是什么阶层的人群，不论城市或乡下，也不论男女老少，他们都愿观光旅游，以此作为精神调剂。学生旅游，校方和家长都把它当作提高素质和锻炼身体、磨炼意志的大好机会，这个人群占比例更大；从今年情况看，以后来九龙山烈士纪念碑接受爱国主义教育或深入景区观光者将会更多。

三、建议开发的措施

1.党委和政府要重视此项事业，加大宣传力度，在乡召开的大小会议上，强调有关开发旅游的工作，使之在全乡上下形成一个人人想开发、部门重开发、社会促开发的舆论氛围，调动多方面的积极性，鼓励乡村、农户联合开发，谋求外商投资、入股或加盟，真正把红石崖旅游开发变成全体干群的实际行动。

2.尽快设立专门办事机构，在红石崖村委设旅游开发办公室，三五人即可，专人负责，制定和筹划开发远景规划，实施计划，给领导提供决策依据。

3.综合治理，会同水利、林业、治安、环保部门，强化区域内自然资源的保护，村落、庭院、山坡、路旁的规划、绿化美化、卫生管理，严格制止乱砍滥伐林木，保护好现有竹林，保护野生动物植物，加强治安管理，确保游客人身安全，对肆意危害或破坏者，追究责任直至法律制裁。加强和提高景区村民思想素质教育，要文明礼貌，热情好客，使游客进入景区有胜似在家之感。

4.加快整理红石崖新四军五师十三旅黄霖兵团在红石崖驻扎、开辟抗日根据地和新四军医院光荣历史，给为国捐躯的死难烈士树碑立传、建烈士陵园，以对游人尤其是学生进行革命传统教育，借以扩大红石崖的政治影响；系统整理景区内人文景观的典故资料，设计有代表性的景区标志。在阳丰三岔路口竖一景区广告牌，在嵖岈山街南头十字路口正中建一个圆形花坛，中间塑一巨型雕塑，并设巨幅景区线路图（公社旧址纪念馆、狮象湖、红石崖景区全貌）。

5.修复红石崖黄霖兵团司令部和医院旧址。

6.红石崖学校周围正是当年大办钢铁时的炼铁基地，是否在路边竖一块纪念碑并备简介，或复制一座炼铁炉（当时西边牛角弯是矿区，产物有收藏），以铭记历史教训、警示后人。

7.确定景点名称并立标示，在领导、专家等实地考察情况下，绘出各景点设计草图，共谋确定。

8.红石崖旅游开发已有部分群众开始启动或将要启动，如丁国防的路边果园，赵圣宽、韩国显、赵林的果园、银杏园，王奎的路边小卖店，刘中献、储成喜、储孝启的家庭旅馆，储全喜的根艺、盆景，还有部分村民准备在景区盖小木屋、建凉亭、蘑菇亭。有的计划建野生动物（野兔）养殖场。鉴于上述行动情况，乡村应组织他们召开一个座谈会，因势利导给予大力支持和热情鼓励。

9.采取有效奖励措施，倡导村民承包尚未绿化的荒山荒坡，种植果树、花木借以加快绿化美化速度，引导农民搞特色养殖、种植，增加生态的可观性。

10.在适当位置开辟功德碑林，对带头搞基础设施建设、投资者或有贡献者按名次立碑记载以纪念，借以激发有志之士投资的积极性，日久即成为人为景观。

若有开发的信心和决心，就必须充分调动广大群众的积极性。从目前来讲，只有政府主观努力是不够的，如果群众的积极性调动起来了，他们要选项目，要投亲靠友筹资金，通过亲友，他们又选项目，这样就形成了连锁反应；再加上政府有关方面协调，就会加快开发步伐。

全文总括：说难不难在于干，有利条件在眼前；此地有宝惠民众，就等咱们来发现；群策群力力量大，干部带头奔向前；一枝启动百枝摇，势如破竹换新颜。

附录四：

关于开发红石崖红色旅游的可行性研究报告

红石崖位于遂平县嵖岈山乡，东临107国道、京广铁路、京珠高速公路，遂袁公路穿境而过，距县城30公里，交通便利，地理条件十分优越。这里三面环山，一面环水，向东仅一个出口，易守难攻，为历代兵家必争之地。

在抗日战争时期，李先念率领新四军第五师在这里开辟抗日根据地，是洒满烈士鲜血的地方，是革命老区，新中国成立后50多年以来未有挖掘开发，他们的业绩应该大力弘扬。

借发展红色旅游东风，针对嵖岈山乡光荣革命斗争历史，伴随红石崖风景区旅游开发大好形势，修复红石崖新四军野战医院所在地旧址，建立纪念馆和烈士陵园是非常必要的，是促进景区开发，加快嵖岈山经济发展的大好机遇。

一、历史背景

嵖岈山乡红石崖是历代兵家必争之地，尤其是在抗日战争时期的1944年7月，新四军五师师长兼政委李先念组建的豫南挺进兵团在黄霖、陈少敏、周志坚、栗在山等率领下由淮北挺进河南，11月到达嵖岈山区，先后在店坊、杨店、土山、胜桥、李兴楼、湾陈、红石崖驻扎。期间经过大小百余次战斗，击溃了日、伪、顽反动势力。次年4月在嵖岈山建立豫中工委、专属、军分区，8月上旬，成立豫中地委、豫中专属、豫中军分区、地方抗日民主政权和地方武装。10月，张才千、皮定均、刘昌毅率部与冀鲁豫军分区王定烈、李士才水东八团到达嵖岈山会合，10月15日，李先念在嵖岈山区土山街主持召开豫东、豫中、豫西新四军、八路军三路大军会师大会，欢庆党中央、中央军委“绾毂中原”战略决策的伟大胜利。

新四军、八路军在同日、伪、顽英勇战斗中有300名负伤。当时新四军野战医院就在红石崖，这时红石崖的9个自然村200多户村民家中便成了将士的宿营地和病房，每个山洞都是将士隐居的地方，当时有医护人员40多名，药物跟不上，乡亲们积极为伤员煎汤熬药，喂茶喂饭，主动上山采挖葛根、柴胡、全虫、桔梗、丹参、茅草根等中草药回来洗净，炽干制成膏、丹、丸、散交给医院为伤员疗伤，老百姓还经常把自己最好吃的拿来让伤员补身子。

李先念多次带领黄霖、栗在山、陈先瑞、任质斌、刘少卿、冷新华、陈少敏等首长携慰问品到战地医院看望伤病员，慰问子弟兵和老百姓。

1945年9月，国民党第九路军和地方反动势力四面向我根据地包围，我军日夜兼程撤离到桐湖北枣阳，因形势紧张部分伤员没来得及转移，有69名将士牺牲在红石崖，其中有35名惨遭伪政府活埋，如新四军战士张兰生一家六口全部被伪政府杀害。

二、开发红石崖红色旅游的必要性

新四军野战医院自1944年11月初到红石崖至1945年9月撤离，在这里驻扎长达11个月。在11个月顽强的战斗中立下了可歌可泣的功勋。红石崖人民也为之做出了不可磨灭的贡献。

“吃水不忘挖井人。”在我国人民走向日益繁荣富强的今天，更不能忘记过去。恢复和建立红石崖新四军医院纪念馆和烈士陵园，弘扬民族斗争精神，激励后人永葆革命传统是非常必要的，是巩固我党的政治地位，促进老区经济发展的重要举措。

三、蓝图设计

1. 修建红石崖新四军医院纪念馆（院部、首长住室、手术室、医疗仓库、村庄美化）。

2. 三军会师泉（当时军民用过的井水）上面建凉亭。

3. 九龙山烈士陵园革命英雄纪念碑已落成，需要配套工程（环境规划、绿化、美化、碑前广场硬化、登山台阶等）。

4. 对黄脸场李先念隐居处和原遂平县委、县政府旧居，滴水崖黄霖、陈少敏、余支农、王国华住过的房子进行维修保护。

5. 蝎子沟新四军隐居的两个山洞（仙家洞、天门洞）及新四军战士殉难处竖标志和简介。

6. 开通由九龙山烈士陵园—李兴楼新四军司令部纪念馆全长3公里的盘山公路。

鉴于上述设计内容为红石崖森林公园的同步开发，为促进老区的经济腾飞，使老区人民尽快脱贫致富，特呈请上级领导予以关注，并给予有力支持。

附录五：

开发红石崖旅游业构想

红石崖地处遂平县西部山区，这里山川秀丽，风景优美，空气宜人，具有神、幽、秀、古之特点。

这里由卧虎山、九龙山、凤凰山、圆龙山、跑马山、风山、平果朵、尖山八大主峰构成，景区内迤逦绵延，峰峦叠翠，涧水潺潺，鸟语花香，是嵖岈山风景区的延伸之地。更有许多古老而神奇的传说，文化底蕴丰厚，尤其是唐代古刹千风寺为周围74院之首，以气势宏伟而享誉中原大地。

红石崖又是历代兵家必争之地，战国一将军在此殉难，隋朝窦建德将军坟墓也在此地。在革命战争年代的1944—1948年，我新四军、八路军在这里与敌人战斗，河南军区独立二旅旅长黄霖、政委栗在山、刑瑞祯等同志长期在这里进行革命活动，扩大武装力量，新四军战地医院曾在这里驻扎，不少先烈在这里留下了许多可歌可泣的动人事迹。说这里是革命红色根据地，应是当之无愧的。

新中国成立后，国家和各级政府及有关部门一直十分关注这个地方。不少有眼光的人都称这里是不可多得的风水宝地。近年来，一年四季慕名前来游览观光的有学校师生、报刊编辑、记者，来此赋诗作画、摄影拍照的文化人士更是络绎不绝，每年多达数千人。凡来过的人都异口同声地赞美红石崖胜华山之险峻、似黄山之俊秀、赛庐山之伟岸，是开发旅游业的好地方。

可是，过去因这里偏僻，交通不便、信息闭塞，经济一直处于贫困之中。为改变这里的贫困状况，1997年时任嵖岈山乡党委书记的胡志斌提议并带动两委班子，发扬林县人民自力更生、艰苦创业的精神，设法帮助山区人民脱贫致富，动员全乡自筹资金和人力物力，经过一年的艰苦奋战，开山凿石，开辟了一条宽8米的遂舞盘山公路，路面宽阔平坦；除几座桥梁未修通外，主干道基本形成；尔后，因资金等原因而搁浅。

鉴于上述情况，有以下构想：

一、根据原修路计划，建议上级政府交通部门予以支持，把它续建成一条符合标准的旅游公路。

二、公路建成后，根据这里得天独厚的自然景观开发旅游业。构想是：摆脱已有旅游区模式，保持现有风貌，除修复千风寺庙宇和黑龙潭龙王庙外，不再修建带迷信色彩的建筑。

三、在原红石崖水库山口修一道较考究的山门，在烈士墓群旁修一座有革命战争年代意义的纪念碑，并请相关领导亲笔题词以怀念为国捐躯的烈士们的伟大业绩。

四、景点建筑力求以土字为主，房舍建筑包括宾馆以三草为主，即：草屋、草楼、草蘑菇亭和五木即木质结构的木屋、木栅栏、木楼、木亭、小木桥，也可搞些小瓦之类房舍，这样看起来既古朴典雅又玲珑剔透（可借鉴古画和《芥子园花圃》之风格），使游人进入景区达到自然怀古，如进仙境一般的奇特效果；另外设想村后那石碑上画一幅彩色立体景观说明画、背面路线平面图。

五、根据此地丰富的旅游资源，也可建成森林、野生动物保护区。

六、建议与党委宣传部、电视台、广播站联系，每年举行一次采风、组稿活动，邀请各界人士在这里进行创作，借此扩大知名度。

七、根据这里相对贫困的状况，党和政府及有关职能部门在扶贫方面多给予政策倾斜，具体扶持帮助当地人民发展多种经济，尽快使具有光荣革命历史的贫困山区人民脱贫致富，步入小康行列。

构想总括：

我有人无，人有我优。
风格独特，原始风貌。
质朴典雅，怀古犹生。
进入景区，如临仙境。
破除迷信，倡导文明。

后 记

本书从2000年红石崖风景区项目发起到开发运作至今，笔者已历经十五个年头。在这十五年中，作者从旅游资源普查，到深入细致地挖掘、考察、撰写、整理，积累了相当一部分有价值的文史资料，从自然村落的由来，到自然景观的位置、名称、形状；从神话传说、女娲文化、传奇故事、民间典故、革命斗争历史到农谚、歌谣、歇后语等。所有这一切，都蕴含着浓厚的乡土气息和本土文化特色，从不同角度集中反映了红石崖乃至嵖岈山区，灿烂厚重的历史渊源和独特美丽的自然景观。

出版这本书，就是为了让广大的游客、读者了解红石崖、认识红石崖、感悟红石崖、亲近红石崖，同时也是为了把笔者十多年所搜集整理的东西拢个堆儿、挽个结，把他的辛勤努力和心血汗水化作“红石崖风景区开发”的一小片绿叶，也给后人留下些值得收藏和传承的篇章。

在本书的编辑出版过程中，不少领导、专家、同志、同人、朋友和至亲都给予了极大的关心、支持和大力协助。他们中有（按姓氏笔画为序）王建辉、王万江、王献青、王俊丽、亓振业、方荣海、邓鹏、叶长兴、孙保同、孙彦军、刘冰、刘宁、刘霞、马建平、邵卫东、李延召、李广才、李丹、李运喜、李玉庚、邱保林、张惠勤、张轶馨、张国华、张新义、张遂朝、杨忠欣、杨贺文、杨洪奎、杨红星、陈刚、孟新建、郑道群、郑念、周运亭、胡金领、尚丰民、赵尊义、赵本善、赵亮、赵亚峰、徐俊启、唐凯、高勇、夏书金、康艳、梁国栋、梁永祥、梁文贺、曹渊、曹云飞、梅俊生、银涛、程景辰、董金涛、黄润堂、靳云峰、詹东宇、臧珂、魏爱国等等，当然也包括笔者的老伴孙继莲及我们的孩子。在此，特一并表示真挚的谢意，谢谢他们各自的无私付出和奉献！

因本人文化水平有限，书中难免疏漏或不尽如人意之处。敬请广大读者、同人批评指正。

2014 年 12 月 30 日